Steffen Bärtl

<u>Charly</u> <u>und seine Freunde 1</u>

Der magische Brunnen der Zeit

Hinweis

Das vorliegende Werk ist, auch wenn es auf Fakten basieren könnte, eine Fiktion. Figuren, Unternehmen, Organisationen und Autoritäten in diesem Roman sind entweder fiktiv oder werden, sofern sie real sind, in einem fiktiven Kontext verwendet, ohne dass die Absicht besteht, ihr tatsächliches Verhalten zu beschreiben.

Bibliografische Information der Deutschen Nationalbibliothek: Die Deutsche Nationalbibliothek verzeichnet diese Publikation in der Deutschen Nationalbibliografie; detaillierte bibliografische Daten sind im Internet über dnb.dnb.de abrufbar.

1. Auflage Copyright ©2013 Steffen Bärtl
2. Auflage Copyright ©2023 Steffen Bärtl

Lektorat/Korrektorat: Textwerkstatt * Barbara Lechner * Österreich

Herstellung und Verlag: BoD – Books on Demand, Norderstedt

ISBN: 9783757810856

Steffen Bärtl

Charly und seine Freunde 1

Der magische Brunnen der Zeit

2023

Inhalt

DAS INTERNAT

Das WELLINGTON COLLEGE ist ein privates Internat und befindet sich in Crowethorn, England. Es wurde im Jahr 1859 zum Gedenken an den Herzog von Wellington gegründet und entspricht den höchsten Anforderungen des internationalen Standards in Sachen Schulbildung. Hier lernen ausschließlich die Kinder derjenigen, die sich das sehr hohe Schulgeld leisten können.

Manche Kinder werden hier allerdings nur angemeldet, weil die Eltern hoffen, dass man ihnen ihre Flausen austreiben kann. Wieder andere müssen die Schule deshalb besuchen, weil begeisterte Schulabgänger die tolle Atmosphäre und Ausstattung des Internates in den höchsten Tönen loben. Traurigerweise sind die meisten Kinder aber hier, weil ihre Eltern keine Zeit für sie haben. Denn in der Welt der Reichen geht es meist nur um Geschäft, Macht und Geld. Sehr selten kommen Kinder einfach nur in diese Schule, weil sie hier etwas lernen sollen.

Jeder Schüler kann sich in eines der 15 sogenannten „Häuser" einschreiben, in denen jeweils ein ganz bestimmtes Unterrichtsfach vorrangig gelehrt wird. Und jeder Schüler kann sich aussuchen, was ihm am meisten Spaß machen würde.

Der elfjährige Charly Townsend war fasziniert von Archäologie und Geschichte und hatte sich deshalb auch im „Talbot House" eingeschrieben, als er mit sieben Jahren in das College gekommen war. Das war schon sechs Jahre her und er war in dieser Zeit bereits ein ganzes Stück gewachsen, doch mit 1,40 m noch kein Riese. Trotzdem war er aufgrund seiner blonden Haare und blauen Augen und einer gewissen Ähnlichkeit mit einem jungen Brad Pitt, besonders bei den gleichaltrigen Mädchen sehr beliebt. Er war nicht nur ein Ass im Sportunterricht, sondern insgesamt ein Idealschüler in den Augen seiner Lehrer. Sie übertrugen ihm daher immer wieder besondere Aufgaben, wie z. B. den Vorsitz im Kinderfest-Komitee. Diese erfüllte er stets so hervorragend, dass seine Mitschüler neidisch aber auch bewundernd zu ihm aufblickten. Die Lehrer hatten den größten Respekt vor seinen Leistungen.

Kaum einer bemerkte, dass der pflichtbewusste Junge manchmal heimlich verschwand, um sich in seinem Geheimversteck auf dem Dachboden seinen Tagträumen hinzugeben. Denn nur hier konnte er sein, was immer er wollte. Ein Abenteurer, der die Welt bereiste, sich in viele Gefahren stürzte, in fremde Welten eintauchte und mächtiges Wissen erlangte. Hier war er Kapitän Jack Sparrow, der dem Fluch der Karibik trotzte, Marco Polo, der das riesige Reich Asien erforschte und an der Seite des blutrünstigen aber gebildeten Dschingis Khan kämpfte und lehrte. Gelegentlich war er auch der große Ramses, Pharao über ganz Ägypten. Mit einem Wort oder einer Geste konnte er über Tod und Leben entscheiden. Manchmal führte er auch als Napoleon Bonaparte den Rückzug der Franzosen an oder als schottischer Freiheitskämpfer William Wallace die Schotten in die Freiheit. Wann immer er es einrichten konnte, schlich er sich dazu auf den Dachboden und schwelgte in seinen Tagträumen.

Er war gern im Internat, wo er sich seit dem Tod seiner Mutter wieder beachtet und akzeptiert fühlte. Er hatte sogar einige gute Freunde gefunden – Peter und Susi, mit denen er oft etwas unternahm. Gelegentlich waren auch Henry oder Miro und dessen Schwester dabei. Traf man sich nicht in der ersten kleinen Pause, so hatte man auf jeden Fall Zeit, sich in der großen Pause zu treffen. Sie konnten dann gemeinsam am See sitzen und frühstücken oder zu Mittag essen, sofern es draußen warm genug war.

Charlys Wochenenden waren dagegen meistens wie ein Ausflug ins MAG-ICH-NICHT-LAND. Dann war er mit seinem strengen Vater ganz alleine und vermisste seine Freunde. Sein Vater legte großen Wert auf Gehorsam und er hatte nur wenig Spaß, wenn er alleine in seinem Zimmer saß. Dann schaute er oft aus dem Rundfenster hinaus und stellte sich vor, frei zu sein wie einer der Vögel, die im Garten von Baumkrone zu Baumkrone flogen. Wenn sein Vater es bei seltenen Gelegenheiten erlaubte, so durfte er fernsehen und konnte anschließend in seinem Zimmer die Rolle, die er gesehen hatte, nachspielen. Am Wochenende als er „Braveheart" angeschaut hatte, metzelte er anschließend mit seinem Holzschwert im Zimmer alle imaginären Feinde der Schotten nieder. Sein Kampfschrei war so laut gewesen, dass sein Vater persönlich ins Zimmer gestürmt war, um nach dem Rechten zu sehen. Doch nicht nur das, er hatte natürlich mit ihm geschimpft und ihm dann das Holzschwert weggenommen. Das war aber die Ausnahme, denn normalerweise war der Franzose Bernard, Hausdiener und Mädchen für alles, sein Aufpasser. Bernard war Charlys männliches Kindermädchen und gleichzeitig die wichtigste Vertrauensperson in Charlys Leben, seit dem Tod seiner Mutter. Bernard kannte viele von Charlys Geheimnissen, die er unter Androhung von vielfältigen Strafen niemals ausplaudern durfte.

Wenn Charly nichts anderes zu tun hatte oder tun durfte, saß er in seinem Zimmer und sah den Mond an, wobei er sich gerne vorstellte, dass seine Mutter ihn von dort aus beobachtete und auf ihn aufpasste und beschützte. Das tat er auch gerne, während er im Internat war – aber nur, wenn er sicher sein konnte, dass niemand ihn dabei beobachtete. Vor allem natürlich, weil er um diese Zeit im Bett liegen und schlafen sollte und nicht am Fenster stehen und in den Nachthimmel starren.

An den Wochenenden sehnte Charly sich wieder nach dem vergleichsweise fröhlichen Internatsalltag. Schon morgens herrschte in den gemeinsamen Wasch- und Duschräumen fröhliches Chaos, wenn Seifen und Zahnbürsten wie vom Erdboden verschluckt waren, oder auch mal eine Unterhose fehlte, die sich später am Ast eines Baumes wiederfand.

Natürlich blieb der Tag nicht so fröhlich, denn es handelte sich immerhin um eine Schule, und so hatten die Kinder einen strammen Stundenplan zu absolvieren. Charly war froh, dass die Lehrer und Fächer sich wenigstens abwechselten und nicht einer alleine alles unterrichtete. Morgens begann der Unterricht normalerweise mit leichter Kost wie Musik oder bei den Mädchen auch Handarbeit. Fächer wie ALGEBRA, MATHEMATIK, GEOMETRIE oder ASTRONOMIE kamen erst kurz vor oder nach der Mittagspause an die Reihe und am Ende des Tages war es dann Zeit für den Sportunterricht.

Im Sommer wurde dieser auf der riesigen Rasenfläche hinter dem College abgehalten. Es war sogar genügend Platz für ein Fußballfeld, ein Rugbyfeld und ein Cricketfeld sowie eine Spielwiese, die von Mädchen und Jungs gemeinsam genutzt werden durfte.

Hinter den Sportanlagen befanden sich die Unterkünfte der Lehrer. Hier verbrachten auch sie ihre freie Zeit. Zu diesem Gebäude hatten die Schüler kein Zutritt – ausgenommen mit Genehmigung eines Lehrers, wenn etwas abzugeben oder abzuholen war.

Manchmal konnte man vom Sportplatz aus genau hören, wann Dr. Ricardo – Lehrer für klassische Musik – Zuhause war. Die Melodien, die er auf seinem Piano dann spielte, übertönte jedes andere Geräusch in der Nähe. Auch so manchen Streit der Jungs. Aber die Musik störte gleichzeitig auch die anderen Lehrer, die sich in aller Ruhe einem Buch oder ihrem Mittagsschlaf widmen wollten.

Nach dem Unterricht gab es im großen Speisesaal Milch, Kakao und für die Lehrer und für die etwas älteren Schüler, Kaffee und Kuchen.

Auf den Kuchen freuten sich alle. Auf die Getränke nicht so sehr, da es schon mal vorkam, dass die Milch sauer war. Danach konnten die Kinder lernen, Hausaufgaben machen, mit Freunden spielen oder sich auch in der Innenstadt umsehen, bis sie alle wieder zum gemeinsamen Abendessen zusammenkamen. Danach konnten sie fernsehen, Billardspielen, Kreuzworträtsel lösen oder auch einfach nur Radio hören oder sich unterhalten. Aber nur bis um 22 Uhr die Nachtglocke ertönte und es für die Kinder Zeit war ins Bett zu gehen. Diese Glocke wurde von jedem Haus abwechselnd einmal geläutet und die Kinder stritten sich sogar um diese Aufgabe, da derjenige, der die Glocke läuten musste, eine halbe Stunde länger aufbleiben konnte. Das Gebäude, in dem sich die Glocke befand, lag nämlich im äußersten Haus des Geländes, wer läuten musste, hatte so ein paar Minuten mehr Freizeit.

Unsere Geschichte beginnt am letzten Tag vor den großen Ferien, und zwar in der letzten Unterrichtsstunde des Schuljahres. „Bedeutende Kriegsherren in der Geschichte", stand gerade auf dem Stundenplan. Und Geschichte war Charlys absolutes Lieblingsfach. Trotzdem: Jeden Moment konnte die Glocke endlich die Ferienzeit einläuten.
"Nicht schon wieder du, Charly! Weiß denn niemand sonst von euch die Antwort?"
Es waren stets die gleichen Worte, die Charly Townsend tagtäglich von seinen Lehrern zu hören bekam. Sei es von Mr. Briggs, Mr. McDuggen oder Mrs. Hangrich, das waren alles seine Lieblingslehrer. Aber ganz besonders mochte er Mr. McDuggen, seinen Geschichtslehrer.

James McDuggen unterschied sich nicht nur durch sein Aussehen von den anderen Lehrern. Mit seinen 1,83 m war er ein Hüne. Seine schwarzen Haare waren für einen Schotten genauso untypisch wie seine blaugrauen Augen. Diese konnten jedem Schüler, der ihn ärgerte, vernichtendere Blicke zuwerfen, besser als jeder andere

Lehrer. Dass er neben dem Unterricht noch viel Sport betrieb, sah man seiner Figur an. Kein Gramm Fett zu viel, im Gegensatz zu Mr. Briggs, dem Mathelehrer am Internat, der kaum über seinen Bauch zu seinen Fußspitzen hinunter sehen konnte.

James lief jeden Morgen von seinem kleinen Häuschen, etwas außerhalb von CROWETHORN zum Internat. Dabei trug er stets seinen blauen Trainingsanzug mit den weißen Streifen an den Seiten. Seit Jahren konnte Charly ihn jeden Morgen von seinem Zimmer aus sehen, wie er angerannt kam. Sehr selten erlebte er, dass Mr. McDuggen außer Puste war. Vor der Klasse präsentierte der Lehrer sich stets in einem leichten grauen Tweedanzug. James McDuggen wurde von den Schülern als „cool" bezeichnet und war sehr beliebt. Besonders die Mädchen himmelten ihn manchmal an. Die Lehrer waren zwar neidisch auf seine Beliebtheit, aber er hatte dennoch einen etwas zweifelhaften Ruf.

Hinter vorgehaltener Hand wurde nämlich darüber getuschelt, dass der beliebte Lehrer seine eigene Frau totgefahren haben sollte. Und das, obwohl ein gerichtliches Gutachten ergeben hatte, dass die Schuld am Tod seiner Frau eindeutig der Fahrer hatte, der ihnen entgegen gekommen war. Dieser Fahrer war alkoholisiert gewesen und hatte sein Fahrzeug nicht mehr unter Kontrolle halten können. Für James war es doppelt hart, seine Frau bei einem so furchtbaren Unfall zu verlieren und dann auch noch jeden Tag die angebliche Schuld daran zugeschoben zu bekommen.

Er hatte daher vor vier Jahren bereits um seine Versetzung gebeten und war aufgrund der guten Beziehungen seines Vorgesetzten dann am Wellington College gelandet. Er hatte es bis heute nicht bereut. Die Kinder respektierten ihn und er konnte ihnen sein umfassendes Wissen über alte Epochen und die Geschehnisse vergangener Jahrhunderte, vermitteln. Aber nur, wenn sie auch Lust hatten, dem Unterricht zu folgen und das war in der letzten Stunde vor den Ferien etwas schwierig.

„Es ist traurig zu erleben, dass meine Schüler, das ganze Schuljahr geschlafen haben." Stellte James vor den Sesselreihen der Schüler stehend, etwas frustriert fest.

„Charly wird jetzt für alle Ahnungslosen unter euch die richtige Antwort sagen. Hier noch einmal die Frage: Wer fiel 216 v. Christus in Italien ein, um die Römer vernichtend zu schlagen? Und auf welchem Weg gelangte dieser Mann nach Italien?"

James McDuggen setzte sich hin und legte seine Beine auf den Schreibtisch. Charly erhob sich und wollte gerade antworten, als eine Papierkugel angeflogen kam, die ihn mitten ins Gesicht traf. Einige Mitschüler lachten. Er blickte auf die Schulbank, wo er den Werfer vermutete und richtete seine Augen auf den Übeltäter. „Der hat doch keinen blassen Schimmer", posaunte Kenny Gedeck, der die Kugel geworfen hatte.

Charly verschränkte seine Arme vor sich und positionierte sich in den Gang zwischen den Tischreihen.
„Es war Hannibal Barkas, Sohn von Hamilkar Barkas. Er wurde von dem Spartaner Sosylos erzogen, der später sein Berater wurde. Er ging erst nach Spanien und befreite besetzte Gebiete von den Römern. Mit 37 Elefanten, 9.000 Reitern und 50.000 Mann überschritt Hannibal im Winter die Alpen. Er konnte erst gestoppt werden, als die Römer sich mit seinen Taktiken vertraut gemacht hatten. Zudem schleusten die Römer einen Judas, einen Verräter, in Hannibals Armee ein. Nur so konnte er von den Römern geschlagen werden."

Charlys Blick war weiter auf den Werfer gerichtet, dem jetzt das Lachen vergangen war. Er war einer von den Kindern, die sich unbedingt vor anderen wichtig machen mussten, um endlich Aufmerksamkeit zu bekommen, da sie diese nicht einmal von ihren Eltern erhielten. So war Kenny, genau wie Charly und wie viele Mitschüler auch, nicht wirklich erfreut über die bevorstehenden Ferien. Denn Zuhause würde man sie nur bei dem Kindermädchen oder einer Erzieherin abschieben, die sich mit ihnen beschäftigen mussten, bis die Schule wieder begann. Gemeinsame Zeit mit ihren Eltern war selten vorhanden.

Trotzdem waren Ferien natürlich viel besser als Schule und so warteten die Kinder entsprechend ungeduldig auf das Läuten der Glocke.

„Bevor ich euch in die Ferien entlasse, bekommt ihr von mir noch eine Hausaufgabe für die Ferien. Findet irgendetwas, einen Gegenstand, ein Buch oder auch nur einen Namen und findet alles Wissenswerte darüber heraus. Dann schreibt ihr alles auf und berichtet in unserer ersten Stunde darüber. Ihr solltet mindestens zehn Seiten schaffen. Es wird auch eine Note dafür geben. Also vergesst es nicht! In Ordnung?" Die Kinder stöhnten über die Aufgabe, doch das Stöhnen mischte sich mit dem Läuten und alle sprangen praktisch gleichzeitig auf und stürmten Richtung Tür.

„Auch du, Kenny Gedeck. Sonst muss ich dir gleich zu Schulbeginn eine Sechs eintragen!", Rief Mr. McDuggen ihm hinterher. Doch Kenny winkte ab und rannte kichernd mit seinen Freunden nach draußen.

Zurück blieb nur Charly, der in Gedanken versunken aus dem Fenster starrte. James verstaute das Geschichtsbuch der 6. Klasse, seine gelbe Krawatte und das Klassenbuch in seiner Aktentasche. Das Klicken beim Schließen war im leeren Klassenzimmer überlaut zu hören. McDuggen schaute sich im Raum noch einmal um, bevor er zur Tür gehen wollte, und zog überrascht die Augenbrauen hoch, als er Charly noch auf seinem Platz sitzen sah.

„Na Charly, willst du nicht auch zu deinen Eltern?", Fragte er und trat näher an ihn heran. Doch Charly reagierte überhaupt nicht auf

die Frage, sondern starrte weiter durch das Fenster auf die Laub-
bäume. James McDuggen setzte sich auf die Bank vor Charlys Bank
und schaute ihn durchdringend an.

„Wenn ich einen Penny erhalten würde, für jeden Gedanken, den
ich errate, wäre ich schon längst Millionär." Charly drehte langsam
seinen Kopf zu McDuggen und lächelte kaum merklich.
„Wenn Sie wollen, können sie die Millionen meiner Eltern haben."
„Tja, das liebe Geld. Wenn man es hat, will man immer mehr. Wenn
man keines hat, ist man gezwungen, jeden Penny zwei Mal um zudrehen. Entweder du lernst damit umzugehen oder du lernst es
nicht und wirst in 50 Jahren irgendwo, vielleicht auf einer Bank sitzen und schmollen. Worin liegt denn das Problem, mein Junge?"

Charly starrte angestrengt hinaus auf die Straße, die sich zwischen
den vom Wind zerzausten Laubbäumen entlang schlängelte. Er
hielt nach etwas Ausschau. Doch es schien sich nicht zu zeigen. „Ich
hatte meinem Vater eine Karte geschickt, dass er es nicht vergisst,
mich abzuholen. Bisher habe ich weder eine Antwort bekommen,
noch sehe ich seinen BMW die Auffahrt herauf fahren. Er wird es
wieder einmal vergessen haben", seufzte der Junge.

„Vielleicht hat er es ja vergessen, vielleicht aber auch nicht. Wenn er
dich so sehr vernachlässigt, bitte ihn doch einfach, sich diese Broschüre anzusehen, sobald du ihn siehst."
„Was für eine Broschüre denn?", Fragte Charly neugierig. James ging
zu seinem Aktenkoffer, öffnete ihn und entnahm ihm eine Broschüre. „Diese hier", erwiderte er und reichte sie Charly.

Beim Durchblättern erkannte Charly eine Abbildung der schottischen Highlands, eines anscheinend sehr alten Schlosses und Bilder, die den Alltag eines Feriencamps zeigten. "Das sieht schon relativ verlockend aus, aber ich weiß nicht so recht, was mein Vater
für die Ferien geplant hat und ich ..." Doch er konnte den Satz nicht

beenden, denn James unterbrach den Jungen ungeduldig.

„Habe ich nicht erwähnt, dass ich über die Sommerferien dort als Camp-Leiter arbeiten werde? So üppig ist das Gehalt hier leider nicht, als dass ich mich im Sommer auf die faule Haut legen könnte." Der Lehrer grinste, doch Charly bemerkte es nicht, denn er war ganz in die Broschüre vertieft.

„Das finde ich super. Hätten sie noch ein paar Broschüren da? Vielleicht frage ich meine Freunde, ob die auch Interesse daran haben." James freute sich über Charlys Interesse. Er würde heuer das erste Mal dort arbeiten und war ganz begeistert von dem Projekt, das durch die Hilfe einiger Geldgeber, die gleichzeitig seine ehemaligen Schulkameraden waren, zustande gekommen war. Schnell zog James fünf weitere Broschüren aus der Aktentasche und gab sie an Charly weiter. Während der Junge danach griff, warf der Lehrer einen Blick aus dem Fenster und sah ein Auto sich dem Schulgebäude nähern. „Ich glaube dein Vater ist gerade vorgefahren!", Sagte er und nickte mit dem Kopf in Richtung Fenster. Schnell trat Charly an das große Fenster und riss es auf, um zu sehen, ob es tatsächlich der Wagen seines Vaters war. Er war es tatsächlich. Charly begann zu strahlen und stürmte aus dem Klassenzimmer.

„Charly!?", Rief ihm McDuggen hinterher. Charlys Gesicht tauchte nochmals im Türrahmen auf. „Was ist?", Fragte er verunsichert. „Dein Rucksack", schmunzelte McDuggen und zeigte in die hinterste Bankreihe. Charly ging nun mit schnellen Schritten durch das Zimmer zurück an seinen Tisch und warf sich den roten Rucksack über, bevor er erneut aus dem Zimmer stürmte. McDuggen folgte ihm und schloss den Klassenraum für längere Zeit ab.

Charly freute sich auf die Ferien und hoffte, dass sein Vater nun, anders als an den Wochenenden, Zeit mit ihm verbringen würde. Doch seine Vorfreude verwandelte sich schnell um in tiefe Enttäuschung. Wut auf seinen Vater kam in ihm auf, als Bernard, der Chauffeur der Familie, die hintere Türe des schwarzen BMWs öffnete und er statt in das Gesicht seines Vaters nur auf die leere schwarze Rückbank blickte. Sein Lächeln verschwand jäh und Tränen stiegen in seine Augen. Nur Leere und Stille warteten im Auto auf ihn.

„Ihr Vater bat mich, Ihnen auszurichten, dass er leider verhindert ist. Sie werden ihn im Schloss antreffen. Dafür hat er extra einen Termin abgesagt", näselte Bernard mit seinem leichten französischen Akzent. Charly warf frustriert seinen Rucksack auf die Rückbank und setzte sich schmollend auf den Sitz hinter Bernard, der sogleich den Motor startete und langsam in Richtung Ferien losfuhr.

Der Wagen passierte die Allee und wartete darauf, dass das schwere eiserne Schultor mit der ausgeklügelten Kameraüberwachung sich vor ihnen öffnete. Noch immer mit Tränen in den Augen blinzelte Charly auf das Tor, in das das Wappen des Wellington College eingearbeitet war. In Gedanken verabschiedete er sich von der Schule und seinen Freunden. Hier hatte er Freunde, die nicht von irgendwelchen Geschäften anderweitig beansprucht wurden. Wie sollte er nur die Ferien bei seinem Vater überstehen, ganz alleine auf sich gestellt?

Schon in den ersten Minuten, als er Zuhause eintraf, konnte er das Desinteresse seines Vaters förmlich spüren. Verzweifelt dachte Charly an die Zeit zurück, als seine Mutter noch gelebt hatte. Sie hatte sich immer so gefreut, wenn er nach Hause gekommen war und hatte, wenn er traurig gewesen war, für ihn ein Lied gesungen, um ihn aufzuheitern. Sie hatte stets einen Kuchen für die Wochenenden gebacken. Meist hatte er ihr helfen dürfen, beim Nachbarn eigenhändig die Äpfel für den Apfelkuchen zu pflücken. Oder auch Pflaumen oder Kirschen, wenn es gerade welche gab. Doch die Obstplantage des Nachbarn existierte schon lange nicht mehr. Auch die Nachbarn auf der anderen Seite, der Bauer mit der Rinderzucht und Molkerei, war nicht mehr im Geschäft. Ja, es stand nicht mal mehr ein Haus. Irgendwann war er weggezogen und hatte alles verfallen lassen.

Charly hatte früher mit den Kindern von Bauer Stanton am Bach gespielt und sich wilde Wasserschlachten geliefert. Wehmütig dachte er an die schöne Zeit zurück, als sein Leben noch schöner und voller Liebe und Freude war. Mit seiner Mutter, der Obstplantage und seinen Freunden von gegenüber. Doch alles hatte sich verändert und eigentlich hatte er doch gar keinen Grund mehr, in den Ferien und an den Wochenenden nach Hause zu kommen.

Ein kahlköpfiger Mann, in einem dunkelgrauen Nadelstreifenanzug, eine rauchende Pfeife im Mundwinkel, stand am offenen Fenster und blickte gedankenverloren in die Landschaft. Er nahm ein paar Züge aus seiner Pfeife. Der Tabakqualm zog mit der leichten Brise, die aufgekommen war, in Richtung Freiheit. Der Mann schloss das Fenster wieder und setzte sich an seinen wuchtigen Schreibtisch, der aus massivem Mahagoni–Holz bestand und so schwer war, dass man sechs Männer benötigte, um ihn von der Stelle zu bewegen. Man sah dem Tisch ganz deutlich sein hohes Alter an. Der stammte aus der Zeit der Französischen Revolution und besaß geschwungene und vergoldete Beine. Auch die Ränder der Tischplatte waren vergoldet. Kleine Knöpfe, wie Reißzwecken, hielten das goldgelbe Metall am Holz.

Sir William versuchte, sich zu konzentrieren. Vor ihm lag eine geöffnete Akte der Stahlfirma Gruber in Deutschland, die er kaufen wollte. Doch zuvor musste er sich genauer mit den Gewinnen und Verlusten und den Personalzahlen beschäftigen, um den genauen Wert der Firma festzustellen. Immer wieder schweifte sein Blick von der Akte ab zu dem Foto seiner verstorbenen Frau. Ihr Bild hatte er stets auf dem Schreibtisch stehen und er vermisste sie jeden Tag. Aber er war kein Mann, der seine Gefühle offen zeigen konnte.

Manchmal beneidete er seinen Sohn Charly, da dieser vollkommen anders mit seinen Gefühlen umging. Er gab sie zu und zeigte sie sichtbar, kam ganz nach seiner Mutter.

William wurde in seinen Gedanken unterbrochen, als sich die Bürotür knarrend öffnete und Charly eintrat. Er sah irgendwie unglücklich aus, fand William, doch er konnte sich jetzt nicht mit den Launen seines Sohnes beschäftigen, da er sich dringend mit der Akte der Firma Gruber beschäftigen musste.

„Langweilig?", Fragte er ihn trotzdem und paffte an seiner Pfeife, während er ungeduldig auf eine Antwort wartete.

„Ich hatte gedacht, dass wir gemeinsam was unternehmen könnten", erwiderte Charly und näherte sich mit langsamen Schritten etwas nervös seinem Vater. Sir William bemerkte, dass Charly etwas hinter seinem Rücken versteckt hielt.

„Was hast du da?", Fragte er und winkte Charly zu sich heran.

Charly zögerte etwas.

„Ich will wissen, was du hinter deinem Rücken versteckst." Seine Stimme klang sehr ungeduldig. Er hatte eigentlich keine Zeit für irgendwelche Unterhaltungen, geschweige denn für ein Ratespiel. Charly nahm seinen ganzen Mut zusammen und legte die Broschüre des Feriencamps vor seinen Vater auf den Tisch. Sir William blätterte schweigend darin herum und Charly konnte nicht einschätzen, ob sein Vater die Broschüre gut oder schlecht fand, denn er verzog keine Mine dabei.

„Komm mal zu mir, Charly", sagte er dann mit ruhiger Stimme und drehte sich mitsamt seinem schweren Ledersessel vom Schreibtisch weg, sodass Charly ganz nah herantreten konnte.

„Ich weiß, dass du es mir übel nimmst, dass ich so wenig Zeit für dich habe. Und wir vermissen beide deine Mutter. Ja, sie fehlt auch mir, nicht nur dir. Aber weißt du, mein Junge, alles, was ich hier tue, alles, wofür ich arbeite, ist später einmal dein Erbe. Das Geld wächst schließlich nicht auf den Bäumen. Wir brauchen Geld, um das Anwesen hier zu unterhalten. Und um Deine Internatskosten zu bezahlen. Und dafür arbeite ich sehr hart. Später, wenn du älter bist, wirst du das sehr viel besser verstehen als jetzt. Es ist für ein Kind nicht einfach, diese Dinge zu begreifen. Aber wenn ich dir eine Freude damit machen kann, dann darfst du gerne in das Feriencamp gehen."

Sir William zückte seinen Stift und füllte hastig das Anmeldeformular aus.
„Ich habe vor, nach Deutschland zu fliegen, um dort eine Firma zu kaufen. Ich hätte dich gerne mitgenommen, aber wenn du in das Camp gehst, hast du sicherlich mehr Spaß als auf einer Geschäftsreise mit deinem alten Vater."
Sir William war ungewohnt fröhlich und Charly war irritiert. Sein Vater war vermutlich froh, dass er ihn so einfach loswerden konnte, dachte er. Aber trotzdem war er zufrieden. Das Camp war tausendmal besser als eine Geschäftsreise, oder alleine hier in seinem Zimmer herumzusitzen. Spontan umarmte er seinen Vater, was er schon lange nicht mehr getan hatte und stürmte dann aus dem Büro, um seine Sachen zu packen. All seine Wut auf seinen Vater war in dem Moment verflogen und er freute sich nur noch auf einen wunderschönen Sommer.

Sir William war überrascht von Charlys Gefühlsausbruch, doch er freute sich auch darüber. Ob es eine gute Idee wäre, Charlys Freunde ebenfalls in das Feriencamp zu lotsen? Gerne würde er ihm diese Überraschung bereiten, aber dafür musste er zunächst einmal Mr. McDuggen anrufen. Denn zu seiner Schande wusste Sir William überhaupt nicht, wer Charlys Freunde waren.

BIRR CASTLE

Birr Castle war ein lang gezogenes Schloss, mit schmalen, runden Türmen. Von dort oben hatte man einen herrlichen Ausblick auf die Ländereien mit den blühenden Feldern und den leuchtenden Ähren. Wenn Fuchsjagden veranstaltet wurden, konnte man die Pferde galoppieren und die Hundemeute rennen sehen. Durch die stark befestigten Verteidigungsanlagen, welche es immer vor Eroberungen und Plünderungen geschützt hatten, befand sich Birr Castle auch heute noch in einem bemerkenswert guten Zustand. Zwar leicht renovierungsbedürftig, aber noch ansehnlich genug für die gelegentliche Touristenrundgänge, die nur während der Urlaubssaison im Sommer stattfanden.

Ein schmaler Plattenweg führte um das Anwesen herum, auf dem die Touristen von einer Reiseleiterin entlang geführt wurden. Über den Plattenweg brachte die junge, rothaarige Reiseleiterin ihre Gruppe zunächst hinter das Haus, um ihnen das Erstaunlichste zu zeigen, was diese Anlage zu bieten hatte. Die zwanzig bis dreißig Mitglieder der Touristengruppe konnten von hier aus in einer Entfernung von ungefähr einhundert Metern ein gigantisches Teleskop sehen. Viele Touristen schießen gleich Fotos, andere nehmen die Führung sogar auf Video auf. Wobei die historischen Fakten für die älteren Teilnehmer oft spannender waren als für die jüngeren, die sich bei so einem trockenen Thema eher langweilten.

„Dies ist das sechs Fuß große Spiegelteleskop der Familie Parsons, und deshalb in die Royal Astronomical Society aufgenommen wurde. Wenn sie etwas Geduld haben, wird dieses Teleskop in Betrieb genommen und jeder von ihnen kann hindurchsehen. Sie werden feststellen, auch wenn es gegenüber den großen Observatorien pri-

mitiv aussieht, auch noch heute funktioniert!", Erklärte die Reiseleiterin.

Unter den Touristen befanden sich vier Männer, die sich irgendwie
von der Masse abhoben. Sie hatten diesen Kurztrip von drei Tagen
ordnungsgemäß bei einer Reisegesellschaft gebucht, wie alle anderen auch. Doch sie waren keine Touristen.

Einer der Männer, Sweeney Nahoon, ein schmächtiger Ire mit einer kleinen Narbe auf der linken Wange, war als kleiner Junge im
Hafenviertel ausgesetzt worden. Der Hafen war zu seinem zweiten
Zuhause geworden, wo er sich auf den Docks und Schiffen herumtrieb und immer wieder Gelegenheitsjobs annahm. Hier lernte er
auch zu kämpfen, denn in den Häfen musste man sich durchsetzen
können, wenn man überleben wollte. Die Narbe stammte von seinem härtesten Kampf gegen einen stärkeren Jungen, den Sweeney
im Lauf des Kampfes getötet hatte. Seither erinnerte ihn die Narbe
täglich an diesen Tag, der sein Leben zum Schlechteren wendete.
Er wurde nämlich verhaftet und landete in einer Besserungsanstalt,
aus der er fliehen konnte und sich dann mit Überfällen über Wasser
hielt bis zur nächsten Verhaftung. Dieses Mal musste er sogar ins
Gefängnis. Mit 16 Jahren saß er seine erste siebenjährige Haftstrafe
ab. Nach seiner Entlassung schloss er sich jedoch seinem Knast-
bruder Bryan Silver an, mit dem er danach ein krummes Ding nach
dem anderen drehte.

Bryan Silver, der Anführer einer kleinen Bande, war wirklich keine Schönheit. Seine Haut bestand hauptsächlich aus Narbengewe-
be, das die Folge von schweren Verbrennungen war. Umrahmt von
dunklen Locken und mit harten, schwarzen Augen wie Kohlestü-
cke, schreckte bereits sein Gesicht jeden Menschen sofort ab. Er
kannte seine Eltern nicht, da er in einem Waisenhaus in Neapel aufgewachsen war. Nachdem er als Taschendieb die Gegend unsicher
gemacht hatte, kam er in ein Jugendgefängnis und wanderte dann
nach seiner Entlassung mit 21 Jahren nach Irland aus. Als man ihn

dort bei einem bewaffneten Raubüberfall auf die National Irish Bank in Dublin erwischte, kam er ins Gefängnis für Erwachsene, wo er Sweeney kennenlernte, der sich nach seiner Entlassung Bryan anschloss.

Der holte sich noch zwei weitere Männer ins Boot, die seine Bande vervollständigten. Zum einen war da Mooney, der seinen richtigen Namen nicht verraten wollte und der mit zwei derart abstehenden Ohren gesegnet war, dass Dumbo der fliegende Elefant neidisch werden würde. Hätte man Mooney bei einer Gaunerei gesehen, so wäre es ein Leichtes gewesen, ihn anschließend zu identifizieren, doch er war bei allen Geschäften so ruhig, konzentriert und abgebrüht, dass man ihn noch niemals erwischt hatte. Mit seiner ruhigen Art passte er auch nicht wirklich in eine kriminelle Bande, doch er war der Typ Mensch, der für Geld alles tat. In seinem Fall bedeutete das: alles, was man mit einem Computer machen konnte. Er brauchte nur einen Computer und ein paar Sekunden Zeit, um jede Information zu erhalten, die er haben wollte.

Der Letzte im Bunde war Jarrett Garcia Alvarez, der zwar aus Brasilien stammte, aber schon fast sein ganzes Leben in London wohnte. Als Dieb war er unübertroffen, er scheute nicht einmal davor zurück, seiner Mutter das Geld aus dem Sparstrumpf zu stehlen. Doch im Alter von 24 Jahren veränderte sich seine Leidenschaft und er wurde ein Spieler. Kein Casino war vor ihm sicher. Aber auch das Spielen verlor schnell seinen Reiz und so änderte er nochmals sein Spezialgebiet und machte Karriere als Einbrecherkönig – bis er mit 41 Jahren geschnappt und eingebuchtet wurde. Mit mittlerweile 53 Jahren ist er der älteste der vier Ganoven.

Die Reiseleiterin hatte ihre Gruppe gebeten, ihr zu folgen. Sie gingen zielstrebig, weil die Zeit bereits drängte, in Richtung Hauptgebäude, direkt zu einigen Skulpturen. Bryan Silver und seine Freunde ließen sich etwas zurückfallen und warteten, bis auch der letzte ihrer

Touristengruppe außer Sichtweite verschwunden war. Die Ganoven vergewisserten sich ein letztes Mal, dass niemand sie beobachtete und folgten dann einer Abzweigung des Plattenweges, der sie direkt vor eine schwere Holztür führte, die durch ein Codeschloss gesichert wurde.

„Bist du dir sicher, Sweeney, dass diese Tür zum Nebenbereich des Schlosses führt?", Fragte Mooney, der aus seiner Umhängetasche sein Laptop herausholte und es öffnete. Mit einem Schraubenzieher entfernte er die Plastikabdeckung des Codefeldes und nahm zwei dünne, isolierte Metallfäden in die Hand, die er mithilfe eines kleinen Adapters am USB-Anschluss seines Laptops anschloss. Mit einem Klick startete Mooney das spezielle Suchprogramm. Dieses Programm konnte in einer unglaublichen Geschwindigkeit den richtigen Zugriffscode einstellen.

„Mach schon", flüsterte Bryan zu ihm.
„Nur nicht so ungeduldig", erwidert Mooney leicht gereizt.

Nach wenigen Sekunden stand der Zugriffscode fest und die schwere Eichentür öffnete sich einen Spaltbreit. Die vier begaben sich ins Innere und schlossen schnell die Tür, als sie plötzlich die Stimmen einiger Touristen, die den Anschluss an die Gruppe verloren hatten, hörten. Im Inneren gingen sie von dem Bereich, der früher nur den Dienstboten vorbehalten war, in die Eingangshalle, wo ein gigantischer Kronleuchter den Raum beherrschte. Polierter Parkettboden schimmerte in einem schummrigen Licht. Lange rote Gardinen hatten einen Teil des Raumes verdunkelt. Gegenüber des raumhohen Fensters befand sich eine wuchtige, geschwungene Treppe. Sie passte vom Stil her nicht in die Epoche, in der Birr Castle erbaut worden war, sondern eher ins achtzehnte Jahrhundert.

In der Mitte stand ein großer Glastisch mit eleganten Messingstühlen. Über einer Kommode hingen ein rotes Schild und gekreuzte Schwerter. In diesem Schild konnten sie ein Wappen sehen. Ein Wappen mit einem Zirkel darin.

„Ich glaube, hier haben früher die Russen geherrscht!", Stellte Sweeney fest.

„Erzähl kein Müll!", Flüsterte Mooney ihm direkt ins Gesicht.

„Das ist das Wappen der Parsons. Das, was du meinst, ist das alte Logo der Deutschen Demokratischen Republik. Da kommt ein Zirkel drin vor!"

„Deutschland ist eine Republik?!", Wunderte sich Sweeney.

„Ich geb es auf", erwiderte Mooney augenrollend und entfernte sich von Sweeney, der sich vor das Wappenschild gestellt hatte und es bestaunte.

„Und es sind doch die Russen gewesen!", Raunte er vor sich hin. Brian ging auf Sweeney zu und packte ihn am Kragen.

„Wir haben hier einen Auftrag zu erfüllen. Also reiß dich am Riemen." Selbst Brian fiel es schwer, bei so viel Unwissenheit ruhig zu bleiben.

„Hast du den Lageplan?", Flüsterte Bryan und blickte Mooney fragend an. Mooney zerrte den Plan, der auf einem einfachen DIN A4 Blatt gezeichnet war, aus der Hintertasche seiner Levis hervor und strich ihn glatt.

„Wir müssen diese Treppe hinauf und dann nach links gehen!", Flüsterte er und betrat gleich darauf als Erster die Holztreppe, die mit einem roten Laufteppich versehen war. An den Kanten der Treppenstufen befanden sich Leisten, die den Teppich in seiner Form hielten. Im einfallenden Licht schimmerten sie in einem goldenen Farbton.

„Von jetzt an läuft alles wie besprochen! Zieht euch Plastikhüllen über eure Schuhe und die Handschuhe an. Wir wollen hier keine Spuren hinterlassen, die uns später Zuchthaus einbringen!" Verdeutlichte Mooney seinen Kumpels, die hinter ihm waren.

Auf Zehenspitzen schlichen sie in Reih und Glied die Treppenstufen empor. Dabei blickten sie auf einige Gemälde, die Familienmitglieder der Parsons zeigten und die an der Treppenwand hingen. Darunter befand sich auch das Bild eines älteren Ehepaares, vor dem man leicht einen Schreck bekommen würde, wenn man sie als Großeltern hätte. Der Mann war zwei Köpfe größer, als die Frau, mit einem schmalen Gesicht und herausstechenden, eiskalt blickenden Augen. Am Kinn befand sich ein ergrauter Vollbart, der bis zum Brustbereich hinunter ragte. Die Frau dagegen hatte eine krumme Nase und auf der Nasenspitze saß eine gigantische Warze mit herauswuchernden Härchen. Diese Frau konnte nur das Vorbild für die Märchengestalt der Hexe sein, ging es Jarrett durch den Kopf und eine Gänsehaut überkam ihm bei dem Gedanken. Ein weiteres Bild zeigte einen anderen Mann – jünger, auch der Bart war eleganter. Das ganze Ansehen dieses Mannes sah preußischer aus. Militärisch, zackig und dazu ein keck nach oben gezwirbelter Oberlippenbart.

In der ersten Etage huschten sie auf einem mit Blumen bemusterten Teppich nach links. An den Wänden hingen einige gezeichnete Skizzen von technischen, monströsen Apparaturen, die mit Unterwasserseefahrt und Astronomie zu tun hatten. Darunter befand sich auch die Skizze für das Teleobjektiv im Garten draußen.

„Welches Zimmer?", Fragte Silver.
Mooney schaute auf seinen Lageplan.
„Die dritte Tür, von der Treppe aus.", Deutete er mit dem Kopf nach links neigend.
Silver drückte langsam die Türklinke runter, um zu sehen, ob die Tür offen oder abgeschlossen war. Zu ihrer Überraschung ließ sich die Tür öffnen und sie betraten rasch das Zimmer.
„Nach was suchen wir denn eigentlich?", Fragte Sweeney seinen Anführer.
„Wir suchen nach allem, was wertvoll ist, aber vor allem nach einer

Art Schatzkarte, die uns einen Schritt näher an unser Ziel bringt!"
Silver fing damit an, alte ächzende Holzschubläden aus einem massiven Schrank mit vergoldeten Bemalungen aufzureißen. Er schien es eilig zu haben. Jede verstrichene Minute brachte sie weiter in Gefahr, entdeckt zu werden.

„Und wie sieht so etwas aus?" Hakte Garcia Alvarez nach.
„Frag nicht so blöd! Such einfach!", Nuschelte Mooney, der einige Schiffsmodelle neugierig untersuchte. Darunter befanden sich einige Piratenschiff aber auch modernere Modelle der Gesellschaftsdampfer, wie die „Titanic".
Diese Modelle, man nannte sie auch Buddelschiffe, waren in großen Glasflaschen ausgestellt. Bei näherem Betrachten konnte man sehen, dass sich eine gefärbte Masse, die das Meer darstellen sollte, darin befand, so wurde der Anschein erweckt die Schiffe würden im Wasser schwimmen. Aufgereiht auf dunklen Holzsockeln waren sie in Nischen im Mauerwerk ausgestellt. Mit goldenen Metalllettern wurde auf dunklen Holzleisten darunter die Geschichte der Schiffe erzählt. Sweeny schien etwas Bestimmtes zu suchen. Er blickte im Raum genau um. Unmittelbar am Fenster befand sich ein abgenutzter Arbeitsschreibtisch. Zwei Meter entfernt davon stand ein Safe-Schrank, den es nun auch zu knacken galt.

Sweeney suchte die Gemälde ab, während Garcia Alvarez an der Tür stehen blieb und Schmiere stand. Das eine Bild zeigte ein Piratenschiff bei hohem Seegang und stürmischem Wetter. Es hatte volle Segel gesetzt. Das andere Bild gleich daneben stellte das Linienschiff „HSM Defiant" der britischen Flotte dar. Mit ihren 38 Kanonenluken und ihrer Länge war sie einst ein imposantes und gefährliches Schiff. Selbst auf dem Gemälde konnte man dies durchaus erkennen. Sweeny strich mit seinen Händen die schweren vergoldeten Holzrahmen ab. Anschließend hob er sie kurz an. Dabei fiel etwas zu Boden, im Bruchteil einer Sekunde dröhnte ein schillernder Ton durch diesen Raum. Ein eingebauter Sensor hatte den Alarm wurde durch Sweeney´s Aktion ausgelöst.

Erschrocken hielten alle für einen Moment die Luft an und schauten sich panisch an.

„Wo kommt plötzlich der Alarm her?", Zischte Mooney.
„Ich glaube, das war Ich! Aber ich habe hier etwas gefunden!", Triumphierte Sweeney verhalten und öffnete den Umschlag, der zu Boden gefallen war.
Ein ungebrochenes, dunkelrote Wachssiegel versicherte, das niemand das Geheimnis des Briefes kannte.
„Lass ihn zu! Wir müssen hier erst raus! Oder willst Du lieber warten, bis sie uns schnappen?"Fragte Bryan Silver, Sweeney, und riss ihm den Brief aus den Händen.
„Du weißt, wie wütend Lord Hamilton wird, wenn er es nicht selbst als Erster lesen kann!" Sweeney wurde sauer. „Warum müssen wir dem alten Tattergreis den Brief eigentlich überbringen?"
Er war sehr neugierig und wollte unbedingt wissen, was sich in dem Brief befand.
„Weil er uns erst einen Teil des Geldes bezahlt hat und wir den Rest nur bei unversehrter Lieferung erhalten. Das ist nicht gerade wenig, möchte ich hinzufügen!", Nuschelte Mooney ihm erregt entgegen.

„Jetzt nichts wie raus hier", befahl Silver und verließ als Erster den Raum. Sie schlichen sich vorbei an den gezeichneten Skizzen an den Wänden und über den Flur wieder die Treppe hinunter. Sie schlichen sich vorsichtig durch die Eingangshalle und lauschten auf die Geräusche der Touristengruppe und die Ausführungen der Reiseleiterin. Doch es dauerte einige Minuten, bis die Gruppe die Empfangshalle betrat und die vier Gangster sich wieder unauffällig zwischen die Gäste einreihen konnte. Das schrille Alarmsignal und die dadurch entstandene Verwirrung war ideal, um sich wieder heimlich unter die restlichen Menschen zu mischen.

„Sicherlich wird der Feuermelder angesprungen sein!", Erklärte sie den aufgescheuchten Touristen, die sich verwirrt umsahen und nicht wussten, was geschehen war. Doch ein möglicher Brand als Ursache für den Alarm war nicht gerade das, was die Menschen jetzt beruhigen konnte. Die Dame hatte deshalb alle Hände voll zu tun, die Anwesenden zu beschwichtigen.

„Bitte verlassen Sie ganz ruhig das Gebäude und gehen Sie zu den Bussen. Inzwischen werde ich mich erkundigen, was es mit diesem Alarm auf sich hat!", Rief sie weiter. Aber irgendwie schien ihr niemand mehr so richtig zuzuhören. Selbst für die Fremdenführerin war es eine ungewohnte Situation. Aufgeregt griff zu ihrem Handy und informierte ihren Arbeitgeber sowie den Busfahrer über diesen Vorfall. Alles Weitere ging sie nichts an. Sie war nur für ihre Touristengruppe verantwortlich.

DER LORD OF ESSEX

Für sein Alter von 72 Jahren ist Lord Hamilton noch sehr vital und geht immer noch den gewohnten Sitten der Adligen vom Lande nach. Wie zum Beispiel seinem üblichen Ausritt. Jeden Morgen reitet er beim ersten Hahnenschrei durch seine Ländereien. Im Gefolge stets eine kleine Meute Beagles, die bellend über den Boden flitzte, begleitet vom Stallburschen und dem Zuchtmeister.

Russel Hamilton hatte seine eigenen Ansichten und wer ihm widersprach, den bestrafte er mit eisigem Schweigen und notfalls mit dem Zudrehen seines Geldhahnes. Er war schließlich kein Wohltäter, auch wenn er sich nach außen hin in der Presse oft so darstellte. Er hielt sein Geld stets gut beisammen, was eine nette Umschreibung für einen Geizkragen ist, und seine Geschäftspartner und Freunde würden sich kaum wundern, wenn er in seinem Schloss einen eigenen Geldspeicher hätte, wie die Zeichentrickfigur Dagobert Duck. Genau wie der Name seiner Vorfahren, ist auch sein extravagantes Verhalten gegenüber Fremden gut bekannt. Er meidet sie. Es sei denn, er benötigt sie, um seine Vorhaben zu realisieren. In den meisten Fällen zieht er dabei jedoch nur die Fäden und tritt als Finanzier und Organisator auf.

Nach seinem morgendlichen Ausritt folgte seit Jahren ein leichtes Frühstück in dem großen, prunkvollen Tanzsaal. Das Frühstück bestand stets aus denselben Dingen: zwei Toastscheiben, Jam, eine edelste Form von Marmelade, die andere mit feinstem Honig, dazu zwei gekochte Eier, die nicht zu hart, aber auch nicht zu weich sein dürfen und zwei Tassen Old Grey Tea. Seine Bediensteten wussten, dass es in der Vergangenheit, zu Lebzeiten der Ehefrau des Lords, jeden Tag das gesamte typisch englische Frühstücksbüffet für die Familie aufgetischt worden war. Gebratenen Würstchen, Spiegel- oder Rühreiern, verschiedene Marmeladen, geröstete Schweinsnierchen und noch viel mehr wurde jeden Tag serviert. Sein Sohn und auch seine Frau lebten nun schon seit 30 Jahren nicht mehr hier, doch wenn er morgens sein Frühstück im kleinen Familiensalon einnahm, umrahmt von den Fotos seiner Lieben, fühlte er sich mit ihnen wieder sehr verbunden. Es war beinahe wie in alten Zeiten.

Neben dem üblichen Toast, Ei und Tee durfte auch nie die Morgenzeitung fehlen, die vom Butler frisch gebügelt und lesegerecht gefaltet, neben dem Teller liegen musste. So konnte der Lord gleich am frühen Morgen einen Blick auf die Börsenkurse werfen. Die Diener hofften, dass die Kurse gut waren, denn je besser der Kurs, desto besser die Laune des Lords. Wenn der Kurs seiner Aktien schlecht war, würde der Lord an diesem Tag jedem nur äußerst griesgrämig gegenübertreten.

Unabhängig von seiner Laune las er danach jedes Mal noch den Sportteil, Regionales und zum Schluss die Todesanzeigen und die Witze. In dieser Reihenfolge und nicht anders las der Lord seine Zeitung, Tag für Tag.

Nach dem Frühstück begab er sich oft mit seinem Fahrer Archibald Potter nach London, wo er sich mit anderen wichtigen Geschäftsleuten vom britischen Wirtschaftsverband oder der British Culture Association traf. Bei beiden war er als Geldgeber gern gesehen und hatte schon einige Projekte für diese Vereinigungen finanziert. Wohin sein Weg jeweils hinführen würde, das wusste er im Voraus nie so genau.

Laut Anhörungstermin stand heute bei der British Culture Association ein Vortrag zur ERHALTUNG HISTORISCHER KULTURELLER GÜTER auf dem Plan.

Lord Hamilton war diesmal nur als Beobachter und Zuhörer im Anhörungssaal, der von jeder Loge aus überschaubar war. Er war eine Mischung aus Theater und Gerichtssaal, jene die die Entscheidungen fällten saßen auf einer Art Bühne. Überall poliertes, glänzendes, dunkles Holz, ein Rednerpult und abgegrenzte Bereiche, die Sessel der Zuhörer und die in der Loge waren dick gepolstert, denn manchmal dauerten die Sitzungen stundenlange, da war eine bequeme Sitzgelegenheit schon viel wert. Den Vorsitz dieser Anhörung führte Dr. Leonora Bright, mit ihrer Ausdrucksweise und ihrer gelassenen Art, wirkte sie recht erfahren und souverän im Kreis ihrer ansonsten nur männlichen Kollegen. Lord Hamilton kannte sie gut und er verfolgte seit Jahren aufmerksam ihre Karriere. Er genoss es, ihr zuzuhören, sie hatte einen sehr trockenen Humor, die Sitzungen waren eine willkommene Abwechslung in seiner Langeweile und Einsamkeit.

„Das Wort hat jetzt der Archäologe Dr. Janus Newhouse." Erklärte Bright den Anwesenden.

Dr. Newhouse war eine Art moderner Schatzsucher. Seine Baseball-Kappe und einer Aktentasche aus Stoff hatte er achtlos unter seinem Sessel platziert. Sein Hemd schien er schon seit Tagen nicht mehr gewechselt zu haben und seine Hose war eine billige Jeans, die an den Fußenden schon Fransen zeigte und schon sehr ausgewaschen war. Sein dunkles, langes Haar war ziemlich fettig und ungepflegt. Wenn man ihn fragte, warum er so aussah, dann würde er vermutlich antworten, dass er gerade von einer zweimonatigen Expedition aus Spanien kommt und er zu diesem heutigen Termin herbeigeeilt sei und Kleidung und Aussehen bei ihm nicht so wichtig wären.

Er erhob sich, kramte seine Dokumente und Notizen zusammen und ging zum Rednerpult. Auf dem Weg dorthin verlor er seine Dokumente und sammelte sie hektisch wieder auf dem Boden zusammen.

„Ich bitte um Entschuldigung", sagte er in Richtung der Vorsitzenden. Dann legte er seine Dokumente ordnungsgemäß ab und ließ für einen Augenblick seine Augen über die Zuhörer schweifen. Als er zu Reden beginnen wollte, bemerkte er, dass das Mikrofon zu tief eingestellt war. Sein Vorgänger war viel kleiner gewesen als er. Mindestens vierzig Zentimeter. Ein Umstand, dass ihn wertvolle Zeit kostete. Er versuchte das Mikrofon höher zu stellen, doch seine Hände schienen dabei zu schwitzen. Als er es nicht beim ersten Mal hinbekam, löste dies ein Gelächter im Anhörungssaal aus. Nach dem zweiten Versuch schien das Mikrofon zu halten.

„Sehr geehrte Vorsitzende der British Culture Association, werte Damen und Herren. Ich bin eigens aus Spanien angereist, um hier angehört zu werden. Und ich danke der Vorsitzenden, dass man mir dieses Privileg eingeräumt hat. Wie sie gemerkt haben, bin ich ein wenig nervös. Das liegt daran, dass dies das erste Mal ist, dass ich vor dem Gremium der British Culture Association spreche. Und es liegt auch daran, dass die Dringlichkeit und die Wichtigkeit meines Anliegens, das ich hier vorbringen will, von historischer Bedeutung für ganz Großbritannien ist. Im Grunde genommen ist mein Vorhaben einfach erklärt. Ich suche einen Geldgeber oder eine Stiftung für die archäologische Bergung des britischen Kriegsschiffes SUSSEX, welches vor der spanischen Küste 1694 versunken ist." Er pausierte kurz. „Für diejenigen, denen dieser Name nichts sagt, darf ich es kurz näher erläutern, vor über dreihundert Jahren zog Wilhelm III. mit der Sussex in den Krieg. An Bord befanden sich über eine Million Pfund Sterling. Laut Überlieferungen von spanischen Augenzeugen ist die Sussex in einen Sturm geraten und in Begleitung von weiteren zwanzig Schiffen gesunken. Anhand der Ladedokumente aus dem Jahre 1694, die sich in ihrem Archiv befinden, handelte es sich entweder um zehn Tonnen Gold oder einhundert Tonnen Silber, was für den Herzog von Savoyen bestimmt war." Wieder pausierte er kurz und ließ den Blick schweifen. „Wenn Sie gewillt sind, diese Bergung zu finanzieren, dann schicke ich voraus, dass laut Bergungsrecht in spanischen Gewässern, ein Recht auf Herausgabe des Frachtgutes besteht. Da dies ein wichtiger Teil der Geschichte Großbritanniens ist, bitte ich das Gremium inständig, zeigen Sie Ihren Patriotismus gegenüber der Krone, handeln Sie richtig und schnell. Ich danke Ihnen."

„Meine Herren, Sie haben die Worte des Archäologen Dr. Newhouse vernommen. Nun ist es an der Zeit, dass sich der Ausschuss zur Beratung zurückzieht!" Spricht die Vorsitzende ins Mikrofon.

Die Loge des Lords war verdunkelt. Nur das Aufleuchten eines Streichholzes und der Geruch einer teuren Zigarre verrieten, dass sich dort überhaupt jemand aufhielt. Der Lord wartete geduldig ab, bis er, wie üblich, ein schriftliches Empfehlungsschreiben der British Culture Association überreicht bekam. Dieses wurde ihm stets vom Laufburschen des Gremiums, überbracht. So auch heute, gleich danach wurde der Ausschuss wieder zusammengerufen.

„Die Anhörung wird fortgesetzt", hört Lord Hamilton die Vorsitzende Bright sagen. „Mit einstimmiger Erklärung des Gremiums befürworten wir die Bergung des britischen Kriegsschiffes SUSSEX. Die weiteren internen Details werden zu gegebener Zeit erörtert werden. Ich gratuliere Ihnen, Dr. Newhouse. Die Anhörung ist beendet. Der Termin für die nächste Anhörung findet in vier Wochen statt." Zwei weitere Schläge mit ihrem kleinen Hammer beendete diese Anhörung.

Dr. Newhouse bekam im Gedränge einen Zettel zugesteckt, den er erst fand, als er vor dem Gebäude stand und sich vergewisserte, dass er in dem Getümmel keine Unterlagen oder Aufgeschriebenes verloren hatte. Stirnrunzelnd las er die Notiz:

TREFFEN SIE MICH IM LESESAAL DES BRITISCHEN MU-
SEUMS IN LONDON

Newhouse wusste nicht so recht, was er davon halten sollte. In einer Bibliothek? Wer wollte ihn da treffen? Könnte dies eine Falle sein, um an seine Dokumente heranzukommen, die beweisen würden, wo die SUSSEX auf dem Meeresboden lag? Doch seine Neugierde war groß genug, um sich auf das mysteriöse Abenteuer einzulassen. Dr. Newhouse saß in der U-Bahn und studiert die Menschen, die sich um ihn versammelt haben. Alte Damen mit ihren Einkaufstaschen zwischen den Beinen. Zigarren rauchende Herren. Ganz gewöhnliche Studenten in Jeans und Pullovern. Eine alltägliche Situation, in jeder Stadt, in jeder U-Bahn Alltag.

„Nächster Halt, Holborn Station." Ertönt eine weibliche Stimme aus dem Lautsprecher. Dr. Newhouse erhob sich, hielt sich beim Öffnen der Ausgangstür an einer der von der Decke des Waggons herabhängenden Halteschlaufen fest. Er wurde mit hinausgedrängt, als sich die Türen öffneten. Sekunden später schloss sich die U-Bahn-Tür und sie nahm wieder Fahrt auf.

Holborn ist eine unterirdische Station der London Underground und liegt im Stadtbezirk London Borough of Camden. Ursprünglich verliefen hier einmal sechs Schienenstränge. An den Bahnsteigen eins und zwei hielt bis 1933 die Central Line. Die Station war etwa zweihundert Meter weiter westlich angelegt, und war eine eigene Station zum Britischen Museum. Nummer drei und vier sind für die Piccadilly Line reserviert, Nummer fünf und sechs führten einst direkt nach ALDWYCH, einer heute aufgelassenen Station.

Dr. Janus Newhouse lief, tief in Gedanken versunken, durch die Bahnstation, wurde hier und da von Passanten angerempelt. Als er den zweistöckigen U-Bahn-Bereich verlies und endlich wieder frische Luft atmen konnte, fiel sein Blick auf ein enormes Monument der Geschichte England, das Britisches Museum. Es ist eines der ältesten Museen der Welt und besitzt Sammlungen aus historischen Epochen von allen Kontinenten der Erde über acht Millionen Objekte gehören zu seinem Bestand. Erst 1848 wurde das Museum, so wie die meisten Touristen und Kultur- sowie Geschichtsliebhaber es heute kennen, fertiggestellt. Ein gigantischer Innenhof, der komplett überdacht war, ist der größte öffentliche Platz Europas. Das Museum befindet sich an der Piccadilly Line, wo einer der beiden Eingänge zum Inneren des Museums liegt. Er ging die Treppenstufen hinauf, wie so viele andere Wissensdurstige und die unzähligen Touristen auch.

Die Bibliothek umfasst ungefähr dreihundertfünfzigtausend Bände. Der große Lesesaal, der mit einer enormen Kuppel aus Milchglas überdacht ist, gehört zu den Bekanntesten der Welt. Unbeholfen betrat Dr. Newhouse den Lesesaal und sah sich in dem riesigen Saal genauer um. Er ging die Bücherregale, die in einem Rundbau aufgestellt sind, entlang und registriert die Wissensbereiche, die oberhalb der Regale angegeben sind. Er blieb bei der Epoche der Piraterie stehen und staunte nicht schlecht, wie viele Bücher es darüber gab. Dann zog er ein für ihn interessantes Buch heraus. Das Cover zeigte eine Zeichnung einer Seeschlacht, der Titel lautete: DIE SCHLACHT BEI TRAFALGAR

Beim Durchblättern dieses illustrierten, historischen Buches stieß Newhouse auf ein Kapitel, das die spanische Armada ein wenig näher beschrieb. Es schilderte das Leben eines Matrosen an Bord jener Schiffe. Und Newhouse stellte schon nach ein paar Zeilen fest, dass es kaum ein Unterschied gab zum Leben britischer Matrosen. Gekürzte Essens- und Trinkrationen, oft Monate oder Jahre auf See, Bestrafungen mit der Peitsche, Tage ohne Wind, das Ertragen von Schlägen, Krankheiten wie Skorbut, Beulenpest oder Sumpffieber. Die Takelagen mussten mehrmals am Tag erklommen werden, um feindliche Schiffe auszukundschaften, egal wie hoch der Seegang war. Dazu Stürmen und die Angst vor den legendären Seeungeheuern machten das Leben eines Matrosen nicht gerade erträglicher. Am besten hatten es da immer noch der Kapitän eines Schiffes und die Offiziere an Bord.

Während Dr. Newhouse noch dabei war einige andere alte Wälzer durchzublättern, hatte unbemerkt Lord Hamilton den Lesesaal betreten. Nachdem er ihn einige Minuten beobachtet hatte, legte er seinen Gehstock auf einem der freien Lesetische ab und trat auf den Wissenschaftler zu. „Ich habe hier schon Monate zugebracht, und doch fesselt es mich jedes Mal aufs Neue", sagte Hamilton mitten in den Raum hinein, als hätte er dieser Einrichtung ein Kompliment gemacht. Newhouse drehte sich überrascht um und sah sich einem grauhaarigen, unbekannten Mann gegenüber.

„Ich weiß, was Sie gefühlt haben müssen. Mich fesselt es ebenso!" Erwiderte Newhouse. „Sehen Sie nur mal die Anzahl der Bände an, die man hier einsehen kann", fügte er hinzu.
„Vielleicht steht eines Tages, eines ihrer Bücher, über den Fund der Sussex, in den Reihen der historischen Werke."
„Ein verlockender Gedanke Mr. ...?"
„Wo bleiben nur meine Manieren! Mein Name ist Hamilton. Russel Hamilton, Lord of Essex. Ich habe mir ihre Anhörung vor der British Culture Association angehört. Wenn sie mir bitte folgen würden?" Hamilton ging in Richtung des Leseplatzes, schnappte sich seinen Gehstock und benutzte ihn, wohl eher als Zierde denn als Gehhilfe. Beide gingen in einem langsamen Tempo aus der Bibliothek heraus.
„Ich wurde gebeten, im Namen der British Culture Association aufzutreten und mit Ihnen die Einzelheiten Ihres Vorhabens durchzugehen. Und glauben Sie mir – Sie werden auf mich angewiesen sein! Ich bin der Einzige, der sie finanziell umfassend unterstützen kann! Wenn ich ihre Bergung finanziere, möchte ich zwei Zusicherungen von ihnen haben. ..."

„Jede, die Sie wollen!" fällt Newhouse ihm ins Wort.

„Lassen Sie mich bitte aussprechen", fordert Hamilton.

„Entschuldigen Sie bitte."

„Erstens: Wenn sie die Sussex geborgen haben, werde ich als Erster mit ihnen das Schiff im Trockendock besichtigen. Zweitens: An Bord befindet sich ein Gegenstand in einer Silberdose. Dieser Gegenstand wird nicht als Fundstück der Öffentlichkeit bekannt gegeben. Er wird ohne Worte in mein Eigentum übergehen."

Dr. Newhouse überlegte, welchen Gegenstand der Lord wohl meinen könnte, er konnte sich nicht erinnern, dass etwas in dieser Art in seinen Aufzeichnungen versehen war. „Sie können darauf eingehen oder es ablehnen. Dann müssten sie sich aber einen anderen Geldgeber für Ihre Bergung suchen!" Fügte Lord Hamilton eiskalt hinzu. „Also gut. Ich akzeptiere." Willigte Newhouse ein. „Da wir das Wesentlichste geklärt hätten, würde ich nun gern mehr über die Sussex erfahren. Wenn sie mich zu meinem Landsitz begleiten würden, dort gebe ich ihnen einen Scheck und einen formellen Vertrag, der nur zwischen uns gültig sein wird."

„Kapitän der Sussex war Sir Francis Wheeler, der den Auftrag hatte, das Geld zu Herzog Savoyen zu bringen, um ihn im Namen seines Königs Wilhelm III. gegen Ludwig XVI., dem Sonnenkönig, zu gewinnen. Als Wheeler mitten im Sturm war, ließ er einen der drei Großmasten kappen, doch es half nichts. Die Sussex sank im Morgengrauen bei der Meeresenge von Gibraltar. Gerüchte zufolge sprach man über eine zweite Schlacht bei Trafalgar, um eine Schmach der britischen Marine zu vermeiden. Damals war es ehrenhafter, Schiffe und Ladung in einem Krieg zu verlieren, als gegen die Natur. Der genaue Wert des Schatzes würde aus heutiger Sicht bei vier Milliarden Euro liegen."

Hamilton und Newhouse gingen die Treppenstufen hinunter zum Ausgang, wo bereits Archibald Potter an einem grauen Maybach gelehnt stand und die hintere Fahrzeugtür öffnete, als er seinen Lord erblickt. Newhouse wurde gebeten als Erster einzusteigen, Hamilton nahm nach ihm Platz.

„Wohin Sir?", Fragte Archibald mit leicht nach hinten geneigtem Kopf, als er sich hinter seinen Sitz klemmte. „Nach Hause Archibald. Nach Hause", erwiderte Hamilton und lehnte sich in seinem Sitz zurück. Und blickte entspannt aus dem Fenster, während die Limousine im dichten Londoner Verkehr dahinfuhr.

Während der Fahrt hing Newhouse seinen Gedanken nach. Wie würde es sein, die SUSSEX mit eigenen Augen zu sehen? Wie berühmt würde er mit einem Augenschlag werden? Ruhm und Reichtum nah beieinander. Um das zu erreichen, musste er sich notgedrungen mit Russel Hamilton arrangieren, auch wenn er lieber die persönliche Kontrolle über die Finanzen gehabt hätte. Denn so konnte er seinen Traum vom großen selbstständigen Archäologen nicht verwirklichen. Stattdessen war er nur der Angestellte eines reichen Mannes, der hinterher den ganzen Ruhm für den Fund bekommen würde.

DAS FERIENCAMP

In der Nähe von Glamis, in der Grafschaft Angus liegt das neu errichtete Feriencamp, in dem Mr. McDuggan über die Ferien als Aufsichtsperson arbeiten wird. Hier finden Kinder für die Ferien alles, was das Herz begehrt. Naturliebhaber können an Seen und an kleinen Bächen und Flüssen die Natur beobachten, Angeln oder kleine Insekten sammeln. Außerdem werden viele Freizeitaktivitäten, Sport, Spiele und Wanderungen angeboten. Es gibt sogar Pferde dort, auf denen Anfänger Reitunterricht nehmen können. Erfahrene Reiter dürfen unter Anleitung des Reitlehrers sogar Ausflüge zu Pferd machen. Und für die ganz Kleinen gibt es einen Abenteuerspielplatz, auf dem abends sogar – in Cowboy und Indianer-Verkleidung – ein Lagerfeuer stattfindet. Alle bereitstehenden Aktivitäten wurden von den Aufsichtspersonen in Zusammenarbeit mit der Stiftung für Freizeitgestaltung Schottland und mit dem Regionalschulamt in Edinburgh ausgearbeitet.

James McDuggan war natürlich nicht die einzige Aufsichtsperson im Camp. Auch andere Freiwillige, die von ihrem Beruf her eine ausreichende Qualifikation besitzen, hatten sich für das Camp gemeldet. Zum Beispiel Mrs. Elisabeth Furgeson, eine Sozialarbeiterin, die sich auch in ihrer Freizeit gerne für Kinder und Jugendliche engagierte, hatte vor, ihren Urlaub hier zu verbringen. Und Everett McLoch, der einst nur knapp den Titel des Highland Master verfehlt hatte. Das war die Weltmeisterschaft in den schottischen Disziplinen wie Baumstammwerfen oder Steinschleudern, wobei die Steine wesentlich mehr wogen, als die kleinen Kieselsteine, die die Jungen in ihren winzigen Schleudern üblicherweise abschossen. Everett war von Beruf Fitnesstrainer und ein ausgezeichneter Sportorganisator. Die Arbeit mit den Kindern und die sportliche

Betätigung, vor allem für übergewichtige Kinder, lagen ihm sehr am Herzen. Daher hatte auch er sich freiwillig während seines Urlaubs im Camp als Aufsicht und Mitarbeiter gemeldet.

Der erste Tag des neuen Camps glich einem mittelschweren Weltuntergang. Unzählige Busse hielten auf dem großen Parkplatz, Kinder rannten wie die Ameisen durcheinander auf der Suche nach ihrem Gepäck und ihren Freunden und dem richtigen Haus und Zimmer, in dem sie untergebracht waren. Eltern, die ihre Kinder persönlich abgeliefert hatten, gaben hier und da noch Ratschläge. Die kleineren Kinder weinten, weil ihnen der Abschied plötzlich doch schwerfiel und die Aufsichtspersonen versuchten eifrig die Ruhe und den Überblick zu bewahren.
James McDuggen stellte sich, mit einem Klemmbrett bewaffnet, der Meute der Kinder und versuchte, das Wort zu ergreifen. Doch es war, als würde man gegen einen Orkan brüllen. Er hatte nicht den Hauch einer Chance, beachtet oder gehört zu werden. Es war eben doch ein Unterschied, ob man in einem Klassenzimmer mit 20 Kindern oder auf einem Gelände mit 1000 Kindern stand. Als er gerade überlegte, wie er sich am besten Gehör verschaffen konnte, bekam er Unterstützung von seinem Kollegen Everett McLoch, der mit einem langen, hohen Pfiff aus seiner Trillerpfeife die gesamte Aufmerksamkeit auf sich zog.

Erleichtert ergriff James das Wort, da Everett gar nicht vorhatte, eine Rede zu halten.
„Kinder. Mein Name ist James McDuggen. Ich heiße euch recht herzlich willkommen. Ich bin Lehrer und unterrichte in Geschichte und Archäologie am Wellington College. Während des Aufenthaltes hier bin ich euer Campleiter. Ihr könnt mit Fragen und Problemen jederzeit gerne zu mir kommen. Aber ihr habt Euch auch meinen Anweisungen zu fügen. Ich hoffe, dass das jedem klar ist?"
James blickte sich kurz um. Einige Kinder nickten, andere grinsten. Das waren wohl diejenigen, die später ihre Grenzen austesten

würden. „Neben mir steht Everett McLoch. Er wird euch bei allen sportlichen Aktivitäten betreuen. Von ihm könnt ihr euch Sportgeräte ausleihen oder euch in andere Trainingsstunden und Veranstaltungen bei ihm eintragen. Die anderen Aufsichtspersonen werdet ihr nach und nach kennenlernen. Bitte sucht euch jetzt die Häuser, die man euch in der Bestätigung für diesen Urlaub mitgeteilt hat, meldet euch bei der Aufsichtsperson vor dem jeweiligen Haus, damit sie euren Namen abhaken kann."

Kaum hatte er ausgesprochen, stürmten die Kinder in einer unglaublichen Lautstärke das Gelände und suchten scherzend und schreiend ihre Unterkünfte.

„Hübsche Ansprache, James!", Stellte Everett fest und grinste seinen Kollegen an. James atmete erleichtert erst einmal tief durch und grinste dann zurück.

„Klang ich nervös?", Fragte er. Everett schüttelte den Kopf. „Ganz und gar nicht", erwiderte er.

„Und auch wenn – was soll's? Jeder Mensch ist mal nervös. Dafür braucht man sich nicht zu schämen."

Kumpelhaft schlug er James auf die Schulter, der unter dem Schlag beinahe zusammengebrochen wäre. Doch er verkniff sich einen Schmerzensschrei und lächelte tapfer, um sich nichts anmerken zu lassen. Er hatte das Gefühl, dass er und Everett noch richtig gute Kumpels werden würden.

Einen Tag nach der Eröffnung des Feriencamps in Glamis trudelten vier teure Autos fast zur gleichen Zeit ein. Autos, die sich nur reiche Familien leisten können. Und auch nur die Reichen können es sich leisten, ihre Kinder einen Tag zu spät in das Camp zu schicken, falls es die Geschäfte oder die familiäre Situation erfordern. Kurz darauf stiegen die Chauffeure aus und öffneten die hinteren Türen.

Aus dem silbergrauen Maybach stieg die zwölfjährige Susan Edwards aus. Die roten Haare hatte sie zu einem lässigen Pferdeschwanz gebunden. Sie gab nicht viel auf ihr Äußeres. Sie war der typische Bücherwurm. Trotz ihres jungen Alters interessierte sie sich bereits für die ganz großen Schriftsteller, die gleichzeitig ihre Vorbilder waren. Sie verschlang Werke von William Shakespeare, Alexandre Dumas oder Edgar Allen Poe und schrieb bereits eigene Gedichte, die sie in ihren Laptop tippte oder auf ihrem kleinen Notizblock eintrug. Um den Reichtum, der zu Hause auf dem Landsitz ihrer Eltern herrschte, kümmerte sie sich kaum. Sie war zufrieden, wenn sie ihre Nase in ein Buch stecken konnte, oder ab und zu ihrer Mutter im Garten helfen konnte. Die Mutter war Weddingplanerin und züchtete in ihrem großen Garten in Haverfordwest, Pembrokeshire, wunderschöne, alte Rosen. Ihr Vater hatte ständig viel zu tu. Ihn sah sie kaum.

Ihm gehörte die Bergungsfirma EDWARDS DIVE, mit der er jedes Jahr mehr als 38 Millionen Euro verdiente. Ihre kleine Schwester war erst drei Jahre alt und mit ihr konnte sie sich wirklich noch nicht über Bücher unterhalten. Für das Camp war die Schwester auch noch viel zu klein, daher würde sie bei den Eltern zu Hause bleiben.

Aus dem zweiten Auto stieg der blonde Peter Seidel, ein Klassenkamerad von Charly Townsend. Der 13-jährige interessiert sich für Physik und Chemie und besucht mit Charly zusammen Geschichte, weil er mehr über die Hintergründe und Epochen der berühmten Erfinder, wie Thomas Edison, Benjamin Franklin oder Sir Charles Parsons erfahren wollte. Seinem Vater gehört die Firma SEIDEL MASCHINENBAU GmbH in Hamburg, die er später einmal übernehmen sollte – zumindest wenn es nach dem Willen seines Vaters ging. Normalerweise wohnte Peter über die Sommerferien in der Nähe von Hamburg, doch dieses Mal nicht.

Henry Verneul, der vierzehnjährige charmante Franzose, stieg mit der Eleganz eines Models aus der Limousine. Als Sohn eines Modefotografen, der die teuersten und besten Models für den berühmtesten Fotokalender ablichten durfte, hatte er bereits Erfahrung mit dem Glanz dieser Scheinwelt gesammelt und hatte auch schon viele wunderschöne Models kennenlernen dürfen. Eine Tatsache, auf die er sich sehr viel einbildete. Und er träumte davon, später einmal selbst ein berühmter Fotograf zu werden und eine der wunderschönen Frauen zu heiraten. Mit diesen Tagträumen konnte er sich die Zeit vertreiben, wenn er langweilige Stunde im College überbrücken musste. Oder auch einen langweiligen Unterricht.

Aus dem vierten Auto stiegen gleich zwei Kinder. Die dreizehnjährige Italienerin Rebecca Santienne und ihr achtjähriger Bruder Miro. Beide hatten verschiedene Väter, die sie leider nie kennengelernt hatten. Und ihre Mutter hatte nie über die Männer gesprochen. Dass die beiden Geschwister sich dadurch unerwünscht vorkamen und ihre Freunde aus dem College beneideten, daraus machten sie kein Geheimnis. Sie hätten lieber einen der Väter, über die sich ihre Freunde stets beschwerten, weil sie keine Zeit für ihre Kinder hatten. Aber lieber sah man doch seinen Vater selten als ihn überhaupt nicht zu kennen, oder? Die Mutter der beiden war Modedesignerin und lebte in Rom in einer wunderschönen Villa im alten Stil. Doch auch die Mutter musste viel arbeiten und hatte kaum Zeit für die Kinder. Die Gelegenheit, die Kinder in einem Feriencamp unterzubringen, war daher geradezu ideal.

Die Ankömmlinge wurden von James McDuggen am Tor abgeholt und zu ihrer Unterkunft gebracht. Da Charlys Vater die Freunde seines Sohnes erst ausfindig machen musste und kurzfristig abklären konnte, dass diese den Urlaub zusammen mit Charly im Camp verbringen würden, musste sich auch die Campleitung etwas Besonderes einfallen lassen, um die Kinder noch unterzubringen.
James führte die Kinder zu einem kleinen Holzhaus im Wald, vor dem bereits Charly wartete. Man hatte ihm für die erste Nacht ein Bett in einem der Zimmer zugeteilt und ihn auf eine Überraschung verwiesen. Er hatte es nicht fassen können, dass sein Vater, der sich

sonst um nichts kümmerte, alle Hebel in Bewegung gesetzt hatte, um für ihn und seine Freunde ein eigenes Haus zu bekommen. Er hatte nicht einmal gewusst, dass sein Vater die Namen seiner Freunde kannte. Umso aufgeregter war er jetzt, als er James mit den fünf anderen Kindern um die Ecke kommen sah.

„So, das wäre eigentlich eine kleine Sammelunterkunft für Lehrer gewesen, aber Charlys Vater hat es so eingerichtet, dass ihr hier zusammenwohnen könnt. Es gibt Licht und fließendes Wasser und einen beleuchteten Weg zu den Gemeinschaftsunterkünften und zum Speisesaal. Für den Notfall habe ich Euch noch Taschenlampen mitgebracht. Das Gelände ist eingezäunt, ihr könnt Euch also nicht verlaufen und auch nicht verloren gehen oder überfallen werden…" Die Kinder grinsten sich gegenseitig an. Sie hatten keine Angst, in dem Haus zu wohnen. Das war doch unheimlich spannend!

„Na, dann wollen wir mal. Charly der Schlüssel liegt im Schlüsselkasten am Türrahmen", sagte Mr. McDuggen und deutete mit dem Finger auf die entsprechende Stelle. Der Junge folgte der Anweisung und tastete die Tür ab, wo er in der länglichen Vertiefung des Türrahmens auch tatsächlich den Schlüssel fand und ihn sofort ins Schloss steckte. Quietschend öffnete sich die Tür und erlaubte es den Kindern, einen Blick in ihr neues Zuhause für die nächsten Wochen zu werfen. „Da wären wir also!", kündete James nochmals an und ging den Kindern voraus in das Holzhaus. „Sucht euch jeder ein Bett aus, packt eure Sachen aus und kommt dann in den Speisesaal zum Essen."

„Was? Kein Zimmerservice?" Fragte Susan, die als erstes ihren Laptop auf einen Beistelltisch legt und den Stecker in die Steckdose stöpselt. „Nein mein Fräulein Edwards. Gewöhnen Sie sich lieber daran. Denn später müssen sie im Leben auch alleine zurechtkommen." Susan setzt einen enttäuschten Blick auf, den McDuggen jedoch ignorierte.

„Jede Unterkunft und jedes Haus hier soll einen eigenen Namen bekommen, den die Bewohner aussuchen dürfen. Bitte schreibt den Namen mit Kreide auf die Tafel, die draußen neben der Tür hängt – sobald ihr Euch auf einen Namen geeinigt habt." James zog ein Stück Kreide aus seiner Jackentasche und legte sie neben Susans Laptop. Und jetzt beeilt Euch, ich werde zurückgehen und in wenigen Minuten über die Lautsprecher zum Essen rufen. Ihr seid sowieso schon einen Tag zu spät dran, da solltet ihr nicht noch eine weitere Extrawurst bekommen." Die Kinder starrten ihn an und wussten nicht, was sie von diesem Spruch halten sollten, doch James grinste und die Kinder atmeten erleichtert auf.

Die Mädchen nahmen das Zimmer in Besitz, das links vom Wohnzimmer lag, Charly und Peter das rechte und Henry und der kleine Miro teilten sich das Zimmer, das geradeaus lag. Henry war darüber nicht gerade begeistert, aber er würde sich ja kaum im Zimmer aufhalten, außer um zu schlafen. Sie hatten sich kaum eingerichtet, als auch schon die angekündigte Durchsage ertönte: „An alle Kinder des Camps, das Essen ist fertig. Bitte versammelt euch im Speisesaal. McDuggen Ende."

Charly, Susan, Peter, Rebecca, Henry und Miro begaben sich zum Camp hinunter. Sie nahmen sicherheitshalber die Taschenlampen mit, falls es auf dem Rückweg schon dunkel sein sollte.
„Eins haben wir den Anderen voraus!", Sagte Peter und rückte seine Brille zurecht, die ihm an der Nase juckte.
„Und das wäre?", Fragte Henry in seinem französischen Akzent. Er überholt dabei Peter, der zur Reinigung seiner Brille kurz stehen geblieben war.
„Wir haben unsere Ruhe in dem Haus und können Tun und Lassen, was wir wollen", sagte Peter triumphierend und setze die Brille wieder auf.
„Warum sollten wir das nicht ausnutzen und unsere eigene Party

schmeißen?" Die Reaktion der anderen war nicht so begeistert, wie Peter es sich vorgestellt hatte.

„Wir haben doch keine Süßigkeiten dabei, und keine CDs…" murrte Charly vor sich hin. Die anderen stimmten ihm murmelnd zu. Peter war enttäuscht, dass die anderen seine Idee nicht gleich mit Begeisterung aufgenommen hatten, aber er würde einfach später noch einmal davon anfangen. Vielleicht war es dann leichter, wenn die erste Langeweile aufgekommen war, die anderen zu einer Party zu überreden.

„Jetzt müssen wir uns erst einmal einen Namen für unsere Hütte überlegen", warf Susan ein. „Warum?", Fragte Henry. Man hörte deutlich, dass er überhaupt keine Lust dazu hatte, sein Gehirn anzustrengen. „Na, weil das Tradition werden soll und das alle machen, du Dumpfbacke. Also los, tun wir einfach, was McDuggan verlangt hat. Oder hast du keine Ideen?", Gab Susan schnippisch zurück. „Wenn ich beim Essen bin, dann esse ich und denke nicht über irgendetwas nach!", Rief Henry über die Schulter seiner Vordermänner hinweg. „Das glaube ich dir aufs Wort!", Gab Peter zurück und die Mädchen fingen an zu kichern.

Im Speisesaal ging es hoch her und die Kinder brauchten eine ganze Weile, bis sie endlich an der Reihe waren, sich ein Tablett zu nehmen und sich von den Helfern in der Küche den Hauptgang auf das Tablett legen ließen. Nur Pudding oder Früchte als Nachtisch und ihre Getränke konnten sie selbst wählen. Während sie warten mussten, hingen sie ihren Gedanken nach und ließen die Blicke schweifen, um die anderen Kinder zu beobachten, die sie nur teilweise kannten. Erst als sie gemeinsam einen Tisch ergattert hatten, kam das Gespräch wieder in Gang.

„Wie wäre es mit DIE DUMMBEUTEL?", Fragte Henry über den Tisch hinweg. Sein Blick wanderte dabei in Charlys Richtung, doch der verdrehte nur die Augen und konnte es nicht fassen, dass ein solch idiotischer Vorschlag von einem älteren Jungen kam. „Ich dachte da eigentlich an einen konstruktiveren Beitrag Henry", gab er betont erwachsen zurück. Doch Henry war es weder peinlich noch ärgerte ihn Charlys Kommentar. Er zuckte lediglich die Schultern und aß einfach weiter.

„Ich hab's!", Rief Charly plötzlich aus und war froh, dass er es war, der einen guten Vorschlag bringen konnte. „Die jungen Highlander", sprach er weiter und sah sich triumphierend um. Die anderen hörten auf zu essen und sahen sich gegenseitig an.
„Warum nicht? Klingt gut, Charly", bestätigte Susan den Vorschlag.
„Wie bist du denn auf den Namen gekommen?", Fragte Miro.
„Ganz einfach. Eigentlich hat doch jeder von uns etwas mit Geschichte zu tun, oder? Ich selber liebe die Vergangenheit. All ihre Geheimnisse und Rätsel. Susan liest gerne alte Schmöker. Entschuldige Susan, Klassiker. Peter informiert sich gern über Wissenschaftler, die in der Vergangenheit geforscht haben. Rebecca liebt die Kunst der alten Maler und zeichnet sogar selber. Und Miro kennt sich bestens mit den Dinosauriern aus. Bei Henry weiß ich es nicht, aber er selber zählt zur Geschichte Frankreichs, als jüngster Aufreißer seines Staates."

Die anderen brechen beim letzten Satz in lautes Lachen aus. Bis auf Henry, der nicht sicher ist, ob er sich geschmeichelt fühlen sollte oder lieber beleidigt sein. Er beschloss jedoch, den Kommentar völlig zu ignorieren. „Wenn ihr mich fragt, dann solltet ihr Charlys Vorschlag annehmen. Einen besseren findet ihr nicht. Also ich bin dafür. Will noch jemand Nachschlag?" Henry erhob sich und ging mit seinem Tablett ein zweites Mal zur Essensausgabe.

Peter legt seine Hand in die Mitte des Tisches mit der Handfläche nach unten. Rebecca reagiert als Erste und legt ihr Hand auf seine. Susan und Charly folgen und auch Miro, der allerdings erst aufstehen muss, um seine Hand ebenfalls auf den Turm aus Händen legen zu können.

„Von nun an heißen wir, die jungen Highlander!", Sagte Charly stolz und die anderen stimmten ein lautes Johlen an. Gemeinsam brachten sie ihre Tabletts zurück und sobald Henry seinen Nachschlag aufgegessen hatte, begaben sie sich dann zum großen Lagerfeuer auf dem Abenteuerspielplatz, wo James McDuggen gerade das Feuer anheizte.

Einer der älteren Jungen hielt eine Gitarre in der Hand und zupfte eine seichte Melodie vor sich hin.
„Was haltet ihr von einem Lied?", Fragte James McDuggen die Kinder, die sich um das Feuer versammelt hatten. „Lieber eine Gruselgeschichte!", Schrie ein kleines Mädchen spontan und weitere Kinder stimmten in den Ruf ein. James sah zum Himmel, wo dichte Wolken gerade dabei waren, den Vollmond zu verdunkeln. Eine passende Stimmung für eine Gruselgeschichte. „Na schön. Ihr müsst aber leise sein, damit alle etwas verstehen." James erhob sich und stellte sich theatralisch neben dem Feuer auf, damit ihn auch alle Kinder gleich gut sehen und natürlich auch hören konnten. Dann begann er mit tiefer, langsamer Stimme seine Geschichte.

„Ihr wisst, dass wir hier in Glamis sind. Und hier steht auch Glamis Castle, das berühmte Schloss, in dem ein Monster leben soll. Der Legende nach handelt es sich bei dem Monster um ein armes, deformiertes Kind, dessen Geist auch heute noch im Schloss spukt. Es heißt, dass die Familie das arme Kind, das so furchtbar hässlich und missgestaltet war, im Keller gefangen gehalten hat, damit niemand seinen Anblick ertragen musste. Schließlich wurde das Monster, das immer bösartiger wurde und sogar zu fliehen versuchte, von der eigenen Familie eingemauert. Allen Familienmitgliedern wurde es bei strengen Strafen verboten, den Namen des Kindes jemals wieder auszusprechen oder auch nur an ihn zu denken. Doch die Familie wurde nachts von Albträumen heimgesucht, in denen das Monster sie jagte und tötete. Und tatsächlich verschwanden nach und nach alle Familienmitglieder und wurden nie wieder gesehen. Bis man eines Tages ihre Leichen im Moor fand – sie waren bis auf die Knochen abgenagt!" James sah sich langsam um, und blickte in die entsetzten Gesichter der Kinder.

„Dass alles geschah im Jahr 1853. Einige Jahre später stand das Schloss zum Verkauf. Die neuen Eigentümer hatten eine kleine Tochter von 9 Jahren. Es hieß, sie habe rotes Haar gehabt. Und sie verschwand plötzlich spurlos. Dafür hörte man unvorstellbar gruselige Geräusche aus dem Kellergewölbe, wo man einst das Monster eingemauert hatte. Dort suchte man nach der Ursache und fand eine Geheimtür, die ins Dunkel führte. Die Menschen gingen davon aus, dass das Monster durch diese Tür aus dem zugemauerten Raum entkommen konnte und sich auf die Jagd nach schönen Mädchen machte, denen es die Schönheit auslaugte, um selbst wieder schön zu werden und nicht mehr länger leiden zu müssen. Also Kinder, gebt Acht in der dunklen Nacht."

Als James seine Geschichte beendet hatte, war es mucksmäuschenstill am Lagerfeuer. Da er befürchtete, dass die Kinder in der Nacht nicht schlafen konnten, versuchte er, sie wieder aufzumuntern. „Kinder, das war nur eine Geschichte. Ich hoffe, ihr vergesst das nicht! Und jetzt sollten wir alle schlafen gehen. Wer Angst hat, meldet sich bei mir, ich bringe jeden von Euch einzeln ins Bett!" Die Kinder lachten. Auch wenn ihnen noch ein wenig mulmig war, wären sie nie auf den Gedanken gekommen, es vor anderen oder gar vor dem Lehrer zuzugeben. Tapfer machten sie sich in Gruppen auf den Weg in ihre Zimmer und es wurde auch tatsächlich niemand von einem Monster überfallen in dieser Nacht.

DAS GEHEIMNIS VON GLAMIS CASTLE

Charly erwachte mitten in der Nacht. Er hatte Durst. So leise wie möglich schlüpfte er aus dem Bett, um Peter nicht aufzuwecken, der auf der anderen Seite des Zimmers schlief. Gähnend schlurfte Charly in die kleine Küche, um sich ein Glas Leitungswasser zu trinken. Das leere Glas stellte er einfach auf die Spüle und schlurfte dann wieder in Richtung Zimmer zurück. Durch das hereinfallende Mondlicht musste er nicht einmal ein Licht anmachen, er konnte sich auch so in der kleinen Hütte orientieren. Wenn man die Eingangstür öffnete, stand man ohnehin direkt im Wohn- und Essbereich und die kleine Küchenzeile schmiegte sich an der rechten Wand entlang. Als er so leise wie möglich wieder in sein Zimmer zurückgehen wollte, hörte er jemanden kreischend schreien. Schlagartig war er hellwach und versuchte festzustellen, aus welcher Richtung das Geräusch gekommen war.

Doch es dauerte nicht lange, da gingen in den Schlafzimmern die Lichter an und die kleine Clique – oder die „Highlander" – waren alle gleichzeitig wach. Henry, Miro und Peter rannten in den Flur, nur die Tür der Mädchen blieb geschlossen. Das war verdächtig, daher gingen die vier Freunde sofort auf diese Tür zu und öffneten sie, nicht sicher, was sie dahinter erwarten würde.

Das Licht brannte und Susan saß kerzengerade im Bett. Sie war leichenblass und hatte Schweißperlen auf der Stirn. Charly bemerkte, dass sie leicht zitterte. Rebecca hatte sich neben Susan auf die Bettkante gesetzt und sprach leise auf sie ein. „Was ist passiert?", Fragte Charly, doch die Mädchen antworteten nicht gleich.
„Sie hatte einen Albtraum!", Sagte Rebecca schließlich leise zu den Jungs, die betreten in der Tür standen. Susan schlug die Hände vors

Gesicht und begann zu weinen. Rebecca strich ihr vorsichtig über den Rücken und versuchte, sie zu trösten, wusste jedoch nicht, was sie sagen sollte.

Die Freunde blickten auf die weinende Susan und wussten immer noch nicht so recht, wie sie sie beruhigen konnten. Schließlich trat Charly an Susans Bett und setzte sich links von ihr auf die Bettkante. Rebecca saß rechts von Susan und streichelte weiter unbeholfen über ihren Rücken. Doch Susan beruhigte sich nicht. Leise schluchzte sie weiter vor sich hin. „Es war nur ein Albtraum!", versuchte Charly nun sein Glück. Er kannte sich nicht so gut aus mit weinenden Mädchen, doch Susan tat ihm leid. Anscheinend half es, denn Susan nahm die Hände von ihrem Gesicht und versuchte, den Tränenfluss zu stoppen. Dann lehnte sie erschöpft den Kopf auf Charlys Schulter, sodass Rebeccas Hand von ihrem Rücken auf die Bettdecke fiel.

„Ich wurde von Wölfen angegriffen und zerfleischt", erklärte sie leise. Schüchtern legte Charly den Arm um das zitternde Mädchen. „He, das war doch nur ein Albtraum. Hier sind keine Wölfe, nur wir. Oder hast Du etwas von Henry, dem französischen Aufreißer geträumt?" Henry rollte nur mit den Augen, die anderen grinsten. Sogar Susans Mundwinkel kräuselten sich zu einem kleinen Lächeln. „Nein, der Wolf war irgendwie größer", begann sie. „Na, siehst Du", lachte Charly und drückte sie noch einmal kumpelhaft an sich. „Ich weiß ein super Mittel gegen Albträume. Wir suchen jetzt im Kühlschrank nach einer Milch und dann zaubern wir dir einen spitzenmäßigen Anti-Albtraum-Kakao. Wie findest Du das?" Bevor Susan antworten konnte, rief Mirko; „Ja, Pyjama-Party mit heißer Schokolade!" Er stürmte sofort in die Küche um den Kühlschrank zu inspizieren. „Na, dann komme ich ja doch noch zu meiner Party!", Sagte Peter begeistert und folgte ihm. Henry schloss sich ihnen skeptisch an. „Wer weiß, ob wir überhaupt Lebensmittel in der Bude finden!"

Charlys Vater hatte zum Glück dafür gesorgt, dass ein paar Kleinigkeiten bereitstanden. Schließlich sollte sein Sohn ja nicht während des Aufenthaltes hier verhungern. Charly und Rebecca befreiten Susan aus der Bettdecke, in die sie sich während des strampelnden Albtraumes verheddert hatte. Dann folgten sie den anderen in die Küchenzeile. Es standen bereits alle Schränke offen und die Jungs klapperten heftig mit dem Geschirr. „Hier sieht es aus, wie im Schlaraffenland, Alter!", Witzelte Peter.
„In den Schränken gibt es sogar Chips und Cola. Ich weiß nicht, wer das eingefädelt hat, aber das ist spitze!"

Die Kinder waren es alle nicht gewohnt, sich selbst eine Milch warm zu machen, doch sie betrachteten diesen einfachen Vorgang als Abenteuer. So schafften sie es gemeinsam, die Milch in einem kleinen Topf zu erwärmen bis sie beinahe überkochte und sie dann in die bunten Tassen zu füllen, die sie im Schrank gefunden hatten. Das Schokopulver einzurühren, war dann eine leichte Übung, die allerdings zu einem leichten Schokonebel führte, da die Kinder es nicht so genau nahmen mit dem Zielen des Löffels in die Tasse.

Minuten später saßen sie nebeneinander auf dem Sofa und dem Sessel, wie die Hennen auf der Stange und hielten die warmen Tassen mit beiden Händen fest. Es war zwar Sommer, aber dennoch fröstelten sie ein wenig.

„Hast du oft solche Albträume?", Fragte Charly Susan. „Früher schon", gab sie zu. „Da hat meine Mutter mir immer damit gedroht, dass der Hausgeist mich nachts verfolgen würde, wenn ich das Abendessen nicht aufessen würde. Aber irgendwann habe ich dann begriffen, dass es keinen Hausgeist gab, sondern dass die jaulenden Geräusche nur vom Wind stammten, der durch unseren Nordturm pfiff."
„Na ja", mischte sich Peter ein. „Ich glaube, jeder von uns hat-

te schon mal Angst vor Geistern, obwohl es doch klar ist, dass es gar keine Geister gibt. Genau wie das Monster von Glamis Castle!" Charly nickte. „Stimmt, ich denke, dass das Monster nur eine Legende ist, die man erfunden hat, um die Menschen von dem Schloss fernzuhalten. Und das klappt ja am besten, wenn man ihnen mit so einer Geschichte Angst macht." Charly nippte an seiner Tasse. Dann hatte er plötzlich eine Idee. „He, Leute, wie wäre es, wenn wir uns auf die Suche nach dem Monster von Glamis Castle machen? Wir könnten damit den Mythos ganz leicht entlarven. Außerdem könnten wir doch dadurch gleichzeitig unsere Hausaufgabe von McDuggen erledigen."

„Welche Hausaufgabe?", Fragte Susan verwirrt. Sie hatte die Schule und den Unterricht innerlich schon abgehakt. „Na, die Aufgabe für Geschichte. Wir sollen doch einen Gegenstand, der mit Geschichte zu tun hat, katalogisieren und dokumentieren. Wir könnten die Sache als Gemeinschaftsprojekt aufziehen und Du als angehende Schriftstellerin könntest alles wunderbar dokumentieren. Vielleicht kannst Du sogar gleich deinen ersten Roman darüber schreiben, was meinst Du?"

Susan grinste bei dem Gedanken daran. „Na schön, dann werden wir „Highlander" uns das Thema mal vornehmen. Aber ich würde vorschlagen, dass wir es professionell aufziehen. So richtig mit Recherche und allem", Susan schmiedete bereits Pläne und lief zur Hochform auf – erstaunlich für diese nächtliche Uhrzeit. Aber ein kreativer Geist steht wohl nie still.

„Cool!", sagte Rebecca, nachdem sie dem Gespräch der beiden Freunde bisher ganz ruhig gefolgt war. Ich würde vorschlagen, dass wir als Erstes in Erfahrung bringen, wer damals, 1853 der Eigentümer von Glamis Castle war. Wir könnten doch Mr. McDuggen danach fragen, oder?"
„Ich glaube nicht, dass er uns viele Tipps geben wird!", Warf Peter

ein. „Und warum sollte er es uns so leicht machen, unsere Hausaufgabe zu erledigen? Wie wäre es stattdessen, wenn wir mit dem Bus zum Grundbuchamt nach Edinburgh fahren und uns dort erkundigen? Wir müssen vielleicht noch seine Erlaubnis einholen und uns erkundigen, ob wir als Kinder überhaupt etwas erfahren oder ob man die Auskunft bezahlen muss. Aber wenn wir sagen, dass es für ein Schulprojekt ist, werden die uns sicher weiterhelfen."

„Super! Dann hätten wir ja schon alles geklärt. Da könnt ihr Mal sehen, dass heiße Schokolade nicht nur gegen Albträume hilft, sondern auch die grauen Zellen anregt!", Witzelte Henry, dem die anderen einen solch fröhlichen Zwischenruf überhaupt nicht zugetraut hätten. Es schien, dass er in der Gegenwart der Freunde langsam auftaute und sich hier genauso gut anpasste, wie ansonsten in der High Society zwischen den Models und Fotografen.

„Ja, dann sollten wir jetzt aber schlafen gehen, sonst können wir morgen kaum die Augen aufhalten!", beschloss Susan und trank ihre Tasse leer. Dann stand sie auf und stellte die Tasse auf den Spültisch. Die anderen folgten ihrem Beispiel und gingen dann zu Bett. Wobei niemand von ihnen sofort einschlafen konnte, dafür waren sie einfach zu aufgewühlt. Aber nach und nach holte sich das Sandmännchen jeden von ihnen und schickte zum Glück auch keine weiteren Albträume mehr.

Als der Wecker klingelte, zogen sich die Freunde unwillig die Decken nochmals über die Köpfe. Wie gemein von dem Wecker, jetzt schon zu klingeln! Doch wenn sie etwas zu Essen bekommen wollten, mussten sie sich beeilen, um in den Speisesaal zu kommen. Sie hätten zwar auch noch einmal eine heiße Schokolade machen können und einige der Kekse essen, die sie gefunden hatten, aber es wäre doch schöner, mit den anderen zusammen ein richtiges Frühstück einzunehmen, so wie jeder im Camp. Und da gab es auch Müsli und Obstsalat und frische Brötchen. Beim Gedanken daran lief Henry das Wasser im Mund zusammen.

Einer nach dem anderen quälte sich aus dem Bett und versuchte, kurz in das winzige Badezimmer zu gelangen. Man merkte wohl, dass die Hütte eigentlich nicht für Kinder, sondern für Lehrpersonal errichtet worden war. Es gab zwar zwei Waschbecken, aber nur eine normale Dusche und ein WC. Im großen Gemeinschaftsbad hätten sie sich alle gleichzeitig frisch machen können. Da sie viel zu müde waren, schlichen sie gähnend, einer nach dem anderen hinein, um sich eine Katzenwäsche zu gönnen und die Toilette zu benutzen.

„Ich bin viel zu müde, um heute irgendwelche Busfahrten und Diskussionen mit dem Grundbuchamt durchzustehen", verkündete Peter gähnend. „Das wird auch gar nicht nötig sein!", meldete Susan aus dem Wohnzimmer. Sie sah bereits erstaunlich fit aus und musste schon eine Weile länger auf sein als die Anderen. Mit vor Aufregung geröteten Bäckchen saß sie im Wohnzimmer auf dem Sofa und hielt ihren Laptop auf den Knien. „Ich habe hier schon mal recherchiert und dabei herausgefunden, dass im Jahr 1853 ein gewisser Charles Parsons auf Glamis Castle wohnte", verkündete sie fröhlich.
„Na, das vereinfacht die Datensuche ja ganz erheblich", freute sich Charly. „Wir können dann die Daten und den Lebenslauf von diesem Typen später einfach aus dem Internet holen. Aber das Schloss selbst müssen wir natürlich persönlich besichtigen und vielleicht noch Fotos machen." Er fasste prüfend in seine Hosentasche, um festzustellen, ob er sein Fotohandy bei sich trug.

„Aber zuerst sollten wir mal was essen und uns überlegen, wie wir uns heimlich vom Gelände abseilen können und uns zum Schloss schleichen", fügte er hinzu.
„Richtig! Ich verhungere gleich!", rief Henry dazwischen. „Meine Güte, bist du verfressen!", Konnte sich Rebecca nicht verkneifen.
„Es ist ein Wunder, dass Du so eine gute Figur hast, bei den Mengen, die Du in Dich rein schaufelst!"

Henry zog erstaunt die Augenbraue hoch und starrte Rebecca an. Diese wurde rot. Sie hatte eigentlich nicht vorgehabt, eine anzügliche Bemerkung zu machen. Um den peinlichen Moment zu überspielen, brach sie in eine gekünstelte Hektik aus.

„Schnell, lasst uns noch alles zusammenpacken, was wir nachher für den Ausflug zum Schloss brauchen. Dann können wir die Taschen hier bereitstellen und brauchen nach dem Frühstück nur noch einmal kurz herzukommen, um sie zu holen."

Eifrig rannte sie aus dem Wohnzimmer in ihr Schlafzimmer zurück. Henry sah ihr immer noch erstaunt nach. Die anderen grinsten, gingen aber nicht näher auf die Situation ein.

„Rebecca hat recht!", Sagte Charly.
„Lasst uns alles einpacken, was wir später brauchen und dann hier bereitstellen. Und dann würde ich auch gerne was essen, denn mir knurrt der Magen!"
Gesagt, getan.

Die Freunde gingen in ihre Schlafzimmer und packten ihre Rucksäcke mit allem Zubehör, das sie für notwendig erachteten. Susan war unschlüssig, ob sie ihren Laptop mitnehmen sollte, entschied sich aber dagegen. Er war zwar praktisch, um Informationen auch im Schloss abrufen zu können, aber er könnte auch leicht kaputt gehen und das wollte sie nicht riskieren. Auch wenn ihre Eltern genug Geld hatten, um ihr noch zehn andere Geräte zu kaufen, würde sie dennoch Ärger bekommen, weil sie nicht auf ihre Siebensachen aufpasste. Sie steckte daher lediglich ihren Notizblock und zwei verschiedenfarbige Kugelschreiber ein.

„Susan, hast Du auch im Internet geschaut, wie wir von hier aus zum Schloss kommen?", Fragte Miro.
„He, du bist zwar jung, aber schon recht intelligent!", Lachte Susan.

Miro verzog das Gesicht.

„Klar, was dachtest Du denn?", Fragte er zurück.

„Natürlich habe ich geschaut und mir Notizen gemacht. Ausdrucken kann ich hier ja leider nichts. Es ist eigentlich nicht so schwierig. Vor allem, weil auch überall Schilder stehen, die den Fuß- und Wanderweg zum Schloss markieren. Wir können das Schloss also eigentlich überhaupt nicht verfehlen."

„Ich bin beeindruckt!", Sagte Peter. „Du bist ja ein richtiger Profi!", Fügte er grinsend hinzu.

„Ich weiß!", Kommentierte Susan trocken und warf in einer übertrieben theatralischen Geste die Haare nach hinten. Rebecca kicherte.

„Also dann mal los, Leute. Ich verhungere. Sonst fresse ich noch einen von euch!", Spornte Henry die Clique an.

„Ich glaube, du bist das einzige echte Monster hier…", begann Charly, beendete den Satz aber nicht, weil die Anderen anfingen zu lachen.

Henry warf ihm einen bösen Blick zu, fiel aber Sekunden später auch in das Lachen ein.

„Ja, wenn man mich von der Nahrungsaufnahme abhält, werde ich richtig ungemütlich", sagte er drohend und verließ als Erster die Hütte.

Die Anderen folgten ihm und Charly, der als Letzter ins Freie trat, schloss die Tür sorgfältig ab und steckte den Schlüssel in seine Jackentasche.

„Wir wollen ja nicht, dass jemand unsere Sachen klaut", erklärte er und die Anderen nickten.

Dann beeilten sie sich, zum Speisesaal zu kommen, bevor die leckersten Dinge vom Frühstücksbuffet schon leer gegessen waren. Henry würde ihnen das verdammt übel nehmen!

AUF DEN SPUREN DER SUSSEX

Bisher lag das Geheimnis der „Sussex" im Verborgenen. Doch jetzt sollte der Tag kommen, an dem die Geheimnisse, die der Rumpf seit Jahrhunderten verbarg, gelüftet werden. Denn das spanische Bergungsschiff AGUILA war auf dem Weg zu der Stelle, wo die Mannschaft hoffte, das Wrack endlich zu bergen. Einer der englischen Geldgeber, Dr. Newhouse, war sogar persönlich mit zur See gefahren, weil er um keinen Preis der Welt das lang ersehnte Ereignis verpassen wollte. Zumindest hoffte er natürlich, dass es ein solches Ereignis geben würde.

Die Männer an Bord des Bergungsschiffes stammten größtenteils aus Spanien und es herrschte unter ihnen ein beinahe familiäres Verhältnis. Denn jeder kannte jeden – und nicht nur, weil sie alle auf engstem Raum zusammenlebten, sondern auch, weil sie damals gleichzeitig zur Marine gegangen waren und danach zufällig auf demselben Forschungsschiff angeheuert hatten. Als dieses bankrott gegangen war, hatten sie kurzerhand gemeinsam eine Bergungsfirma gegründet. Wenn man sich bereits so viele Jahre kannte, sollte man es eigentlich auch noch mehr Jahre miteinander aushalten, so der Grundgedanke.

Giuseppe Alfonso, der Älteste der Mannschaft, wurde schlicht „Papa" gerufen. Er hatte zwar selbst keine Kinder, aber durch sein väterliches Aussehen, das Ruhe und Gelassenheit ausstrahlte und seine Eigenschaft, für jedes auch noch so verzwickte Problem, eine Lösung finden zu können, hatten ihm diesen Namen eingebracht. „Papa" war früher ein erfolgreicher Tiefseetaucher gewesen, doch das war nie sein angestrebtes Lebensziel gewesen. Lieber wäre es ihm eindeutig, wenn er später einmal in den Geschichtsbüchern als

Held auftauchen würde. Zum Beispiel jetzt, wenn sie das geheimnisvolle Schiff bergen würde.

Dr. Newhouse und Giuseppe Alfonso standen im Kartenraum und überprüften noch einmal die Koordinaten, an denen die Sussex gesunken sein musste.

„Haben sie die Stärke der Strömung berechnet?", Fragte Dr. Newhouse.

„Natürlich! Ich mache so etwas schließlich nicht zum ersten Mal. Vertrauen Sie mir. Ich ließ den Anker setzen, weil ich mir sicher bin, dass wir über der richtigen Stelle sind! Aber heute können wir nichts mehr unternehmen, die Sonne wird gleich untergehen. Wir sollten lieber schlafen gehen und uns ausruhen, denn Morgen wird ein anstrengender Tag werden!"

„Vermutlich haben sie recht Señor Alfonso . Entschuldigen sie bitte, ich bin einfach nur aufgeregt und will sichergehen, dass alles glatt läuft. Schließlich haben unsere Investoren sehr viel Geld in dieses Unternehmen gesteckt." Papa nickte verständnisvoll.

„Ich weiß. Sie haben schon viele Jahre lang auf diesen Augenblick hin gearbeitet und können es kaum erwarten, Ergebnisse zu sehen. Doch Sie müssen auf mich hören und sich ausruhen. Denn das wird morgen wahrlich kein Spaziergang werden!"

Janus Newhouse seufzte. „Sie haben sicher Recht. Ich werde mich gleich mal eine Runde aufs Ohr hauen und hoffe, dass ich vor Aufregung überhaupt einschlafen werde. Wir sehen uns dann morgen früh!" Er nickte Papa noch kurz zu, bevor er den Kartenraum verließ und sich auf den Weg zu seiner Kabine machte.

Janus konnte sogar erstaunlich gut einschlafen, aber erst relativ spät, als bereits der Morgen graute. Und so verschlief er auch prompt die ersten Stunden der Bergungsarbeiten. Er kam erst an Deck, als Giuseppe und seine Mitarbeiter bereits von ihrem Tauchgang zurückkehrten und die Fundstücke aus der Tiefe an Deck ausbreiteten, wo sie trocknen konnten und sofort fotografiert und katalogisiert wurden. Ein Fundstück war von einer hartnäckigen Algenschicht umschlossen, die nicht so ohne Weiteres entfernt werden konnte. Durch behutsames Kratzen kam an einer Stelle ein silbernes Metall zum Vorschein.

„Hmm, es könnte Silber sein!", Brummelte Newhouse, doch um sich sicher zu sein, musste er den Fund fachmännisch in einer speziellen Säureschale einlegen und reinigen. Konzentriert und sorgfältig machte er sich an die Arbeit, während die Mannschaft sich auf einen weiteren Tauchgang vorbereitete. Dieses mal jedoch mithilfe des kleinen U-Bootes.

Michael Rouchester, eigentlich gebürtiger Franzose, aber in Valencia aufgewachsen, sicherte das U-Boot Arielle, das nach dem gleichnamigen Zeichentrickfilm benannt war, mit einigen starken Tauen, die über mehrere kleine Flaschenzüge gelegt wurden und an angeschweißten Ösen befestigt waren. Sie dienten dazu, die Arielle in der Schwebeposition zu halten, falls die gebundenen Drähte einmal reißen sollten.

Es befanden sich vier Hebekräne an Bord des Schiffes. Es wurde aber nur einer benötigt und das elektronische Geräusch, beim automatischen Ausfahren des Hebekranes fügte sich dem ratternden Geräusch des Generators hinzu.

Nun verstand man auf dem Deck sein eigenes Wort nicht mehr und man kommunizierte nur noch durch Handzeichen miteinander. Jedes Handzeichen hatte eine andere Bedeutung, Daumen nach oben hieß: „Alles in Ordnung!"
Die flache Hand an der Kehle deutet auf die Unterbrechung der Stromzufuhr. Die schwingende Hand nach unten zeigt die Weiterführung von Sauerstoffschläuchen für die Tiefseetaucherausrüstung

an. Das Winken mit der Hand nach oben bedeutete, den Taucher oder den Gegenstand heraufzuholen.

Ray Agilar und Fernando Octavez standen mit langen stabilen Eisenhaken, jeweils an den beiden Enden der Arielle, um sie in gleich bleibender Position zu halten, während sie mit dem Hebekran ausgefahren wurde.

„Die rechte Seilwinde dreht durch!", Rief Rouchester seinen Kameraden zu, die sich allesamt schnell in Sicherheit brachten. Die Arielle stürzte ins Wasser und peitschte eine künstliche Welle gegen den Rumpf der Aguila.
„Ich dachte das Scheißding wurde im Trockendock repariert!", Fluchte Rouchester vor sich hin und hob dabei das eine Ende des Drahtes auf.
„Eindeutig schlechtes Material", fügte er hinzu, da der Draht deutliche Spuren von Rost zeigte.

„So wie es aussieht, müssen wir neues Material einfädeln, um weiterzuarbeiten!", Stellte Ray Agilar, der sich den Schaden ansah, fest.
„Michael und Ray, das werdet ihr übernehmen. Fernando, du wirst mit unserem Gast zum Wrack hinunter tauchen und nach möglichen Ankerpositionen für unsere Luftkissen suchen." Rief Giuseppe aus dem offenen Fenster seiner Kabine hinaus.

Während die Mannschaft sich um die technischen Belange kümmerte, untersuchten Julio und Dr. Newhouse im provisorischen Labor der AUILA die Säureschale mit dem Fundstück. Ausgestattet mit säurebeständigen Handschuhen und Schutzbrillen, begutachteten sie das silberne Teil, das inmitten der unappetitlich stinkenden Brühe schwamm. „Aha!", Stellte Dr. Newhouse fest.

„Was ist denn?", Fragte Julio, dem selbst nichts Besonderes aufgefallen war.

„Ich glaube ich habe da etwas gesehen!", Triumphierte Dr. Newhouse verhalten.

„Und was?", Fragte Julio und versuchte, ebenfalls irgendetwas in der Brühe zu entdecken.

„Eine Gravur, glaube ich!", Erwiderte der englische Wissenschaftler.

„Das können sie in dieser schlammigen Suppe erkennen?" Fragte Julio erstaunt.

„Sie müssen ja Augen haben wie ein Luchs!"

Der Doktor war zwar geschmeichelt, antwortete aber nicht darauf. Er war viel zu sehr von seinem Fundstück beansprucht.

Fasziniert beobachtete Juli, wie der Doktor das Fundstück schließlich aus der Schale hob und mehrfach reinigte und trocknete, bis er es endlich stolz auf einem Tuch ablegte.

„Mein Freund, was sie hier vor sich sehen, ist eine ovale Plakette, die man über die Eingangstür zum Unterdeck eines Kriegsschiffes aus dem 16. Jahrhundert, anbrachte. In unserem Fall ist die Plakette mit einer gestanzten Gravur versehen. Die Gravur zeigt die Tudor Rose. Und die Tudor Rose, war früher das Symbol für die Vereinigung der britischen Häuser Lancaster und York in der Tudor Dynastie."

„Tudor-Dynastie?", Fragte Julio neugierig, da er diesen Begriff noch nie gehört hatte. Englische Geschichte war Neuland für ihn. „Meine Güte, sind Sie unwissend", spottete Dr. Newhouse, zwinkerte Julio jedoch gleich darauf grinsend zu.

„Es war 1485, als Richard III., seine Krone bei der Schlacht von Bosworth Field an Heinrich Tudor verlor. Heinrich Tudor wurde später als Heinrich VII. bekannt. Jedenfalls beendete er die Rosenkriege, in dem er Elisabeth von York, die Nichte Richards heiratete. Die Tudor Rose beinhaltet zwei Rosen. Eine Weiße und eine Rote. Die Rote war das Zeichen des Lancaster Hauses und die Weiße diente zur Erkennung des Hauses York. Durch die Friedensheirat fügte man die Rosen zusammen. Die weiße Rose befindet sich nun auf der Roten. Noch heute sieht man die Tudor Rose. Zum Beispiel im Wappen von Kanada oder des Vereinigten Königreichs."

„Aha!", Antwortete Julio schwach. So viele Informationen auf einmal hatte er nicht erwartet und sie auch schon wieder vergessen. Hätte er nur nicht gefragt. Da kam es gerade gelegen, dass Fernando ganz außer Atem in das Labor stürmte und dazwischenrief.
„Dr. Newhouse, wir sind soweit. Wir können jetzt zu dem Wrack tauchen!"

„Wunderbar", freute sich Janus und zog sich Brille und Handschuhe aus.
„Ich komme!"

Aufgeregt wie ein kleiner Junge stieg Janus zusammen mit Fernando in das kleine U-Boot. Sie würden etwa vier Stunden Zeit haben, um das Wrack zu erkunden, so lange würde der Sauerstoff reichen. Vorsichtig sanken sie tiefer, während die Scheinwerfer durch den aufgewirbelten Sand leuchteten, jedoch nur geisterhafte Schatten zeigte. Erst nach und nach wurde die Sicht besser. Und da das U-Boot ohne Fenster gebaut war, mussten die beiden Insassen alles, was draußen vor sich ging, über den großen Monitor verfolgen. Diese Aufnahmen wurden ebenfalls abgespeichert und konnten so nachträglich nochmals abgespielt werden.

Vor dem Monitor zeigten sich bei zunehmend besserer Sicht verschiedene Tiere. Aufgescheuchte Fischschwärme und Rochen zogen elegant an der Arielle vorbei. Doch vom Wrack war noch nichts zu erkennen. Der Meeresboden wurde nur langsam deutlicher, je näher sie ihm kamen. „Da!", Schrie Janus plötzlich auf.
„Oh mein Gott! Sie ist es! Das ist die Sussex! Ich erkenne sie am Bug wieder", freut er sich.

„Wir brauchen erst eine visuelle Bestätigung dafür. Ich werde an der Steuerbordseite entlang fahren und die Kamera auf die Schiffsseite steuern", erwidert Fernando und bewegte den Lenkjoystick nach unten. Die Arielle bewegte sich ohne Verzögerung nach unten und dann langsam am Meeresgrund entlang.

„Sehen Sie die Spalte unter uns?", Fragte Fernando und zeigte mit einem Finger in die Tiefe auf dem Monitor vor ihm.
Dr. Newhouse beugte sich etwas nach vorn und sah tatsächlich eine schwarze Spalte.
„Ich kann sie sehen. Was ist damit?"
„Diese Spalte ist das Resultat eines Seebebens. Wir müssen direkt über einer Kollisionszone sein! Wenn zwei tektonische Erdplatten aufeinandertreffen, nennt man sie Kollisionszone. Es könnte aber auch sein, dass sich die Platten voneinander wegbewegen, was man als Spreizungszone bezeichnet!" Dr. Newhouse dachte einen Moment lang darüber nach.
„Wollen sie damit sagen, dass hier jederzeit ein Seebeben stattfinden kann?", Fragte er dann leicht beunruhigt.
„Sie haben es erraten Dr. Newhouse. Es ist besser, wenn wir uns beeilen, bevor der Meeresgrund ihr kostbares Wrack verschlingt."

Die Arielle bestrahlte das Wrack. Der dicken Algenschicht zum Trotz ließ sich deutlich erkennen, dass es sich um ein Schiff handelte. Doch hier unten wäre es unmöglich, mit Sicherheit festzustellen, welcher Nation dieses Schiff einst angehörte. Doch der Fund der Plakette ließ Janus Newhouse zuversichtlich erscheinen.

„Können Sie den Riss im Rumpf erkennen, Dr. Newhouse?" Janus blickte zum erhellten Teil des Rumpfes, welcher wirklich starke Risse aufwies. „Von Kanoneneinschlägen kann dieser Riss aber nicht stammen!", Stellte Janus fest.
„Da stimme ich ihnen zu. Entweder stammt er durch den Jahrhunderte langen Meeresdruck, der hier unten herrscht oder Ihre The-

orie mit dem Untergang durch einen Sturm könnte sich bewahrheiten. Verzeihen Sie Janus, wenn ich noch skeptisch bin, aber ich tendiere eher zum Meeresdruck."

Fernando umkreiste gerade das Heckteil des gesunkenen Schiffes. „Passen Sie auf!", Rief Janus und zeigte mit seiner Hand auf einen länglichen Gegenstand, der über den Heckteil des Wracks hinausragt. „Ich habe es schon gesehen. Keine Panik. Ich habe alles unter Kontrolle!", Betonte Fernando und wich in die alte Richtung aus. „Was kann das sein?", Fragte Fernando, als die Einstiegskuppe knapp dem harten langen Gegenstand, der dick mit Algen überzogen war, entronnen war.

„Das würde auf jeden Fall meiner Theorie entsprechen. Laut Überlieferung ließ der Kapitän der Sussex nämlich, um den Sturm sicher zu entkommen, den Hauptmast kappen. Sie müssen bedenken, dass die Sussex damals mit 80 Kanonen und 500 Mann an Bord das schwerste und modernste Schiff seiner Zeit war", erklärte Dr. Newhouse stolz. Und leiser fügte er hinzu: „ Auf See überlebte die Sussex nur vier Monate, doch hier in der Dunkelheit fristete sie seit Jahren ihr einsames Dasein. Aber es war nur eine Frage der Zeit, bis ich sie finden würde."

„Wie lang schätzen Sie den Hauptmast?", Fragte Fernando, während er versuchte, den Mast zu umfahren.
„Vierzig Meter wird es bestimmt haben", antwortete Janus knapp und blickte konzentriert auf die Bilder, die sich auf dem Monitor zeigten.

„Ich kann das Ende sehen. Wenn wir das ganze Wrack bergen sollen, müssten wir den Mast vorher bergen. Er würde uns nur im Wege sein", stellte Fernando sachkundig fest.

„Wenn Sie es sagen", meinte Janus schulterzuckend. Sie sind der

Fachmann auf dem Bergungsgebiet. Ich bin nur ein Geschichtslieb-haber und Archäologe."

Janus war es eigentlich völlig egal, wie Fernando das Wrack zu bergen gedachte. Hauptsache, er würde es tun.

„Nicht so bescheiden, Janus. Durch ihre Arbeit haben Sie ein Stück britische Geschichte entdeckt. Sie können stolz auf sich sein", versuchte Fernando den Doktor aufzumuntern.

„Jungs, könnt ihr das sehen?", Fragte er dann über die Mikrofone an Bord der AGUILA, wo die restliche Mannschaft ebenfalls über Monitor dieselben Bilder verfolgen konnte, wie die beiden Männer in der Arielle.
„Ja, das können wir", bestätigte Giuseppe Alfonso, dessen ruhiger Stimme man nicht entnehmen konnte, ob er sich freute oder aufgeregt war. „Fernando, such mal das Oberdeck großflächig nach der Schiffsglocke ab", fügte er seiner knappen Antwort noch hinzu.
„Zu Befehl, Papa!", Erwiderte Fernando und salutierte lachend.

Er steuerte die Arielle wieder nach oben und wendete sie so, dass der abgetrennte Hauptmast nun unter ihnen war. Langsam ließ er das U-Boot wieder sinken und steuert die Arielle auf der Steuerbordseite des Wracks entlang.
„Janus, können Sie die Schiffsglocke irgendwo erkennen?"
Janus Newhouse sah sich angestrengt um und richtete seinen Blick auf das Oberdeck.

„Am Steuerrad ist sie nicht! Aber da könnte sie sein!" Janus navigierte Fernando mit einem Fingerzeichen zum Mittelkastell des Wracks. Fernando steuerte vorsichtig in die angedeutete Richtung.
„Da ist sie auch nicht" bemerkte Newhouse enttäuscht.

„Lassen Sie uns wieder auftauchen. Vielleicht liefert uns das Video noch weitere Hinweise, die wir auswerten können."

„Ok", gab sich Newhouse geschlagen. Er hätte lieber noch eine Weile weitergesucht. Aber immerhin hatten sie die Sussex endlich gefunden. Das war doch schon was!

ÄRGER IM CAMP

Polizeisirenen ertönten und mit Vollgas brausten zwei Einsatzfahrzeuge der schottischen Polizei den schmalen Asphaltweg in Richtung Camp. Währenddessen landete ein Hubschrauber auf dem Nachbargrundstück des Feriencamps. Der Hubschrauberpilot drosselte den Motor und die Rotorenblätter schwangen sich immer langsamer werdend aus. James McDuggen ging in gebückter Haltung, den Rotorblättern ausweichend, zu dem Hubschrauber, um die hintere Hubschraubertür zu öffnen, doch der Passagier war schneller und stieg aus, bevor McDuggen ihm die Tür öffnen konnte.

„Guten Morgen, Mr. Seidel", sagte James McDuggen und wollte ihm die Hand schütteln doch Mr. Seidel ging, ohne McDuggen zu beachten zum Tor des Camps. James eilte hinter ihm her, sich keiner Schuld bewusst.
„Ich möchte, dass Sie meinen Sohn finden, oder Sie werden mich kennenlernen", brüllte Mr. Seidel, während er voran stürmte.

„Was haben Sie gesagt?", Fragte James McDuggen nach, da der Lärm des Hubschraubers ihn akustisch abgelenkt hatte.
„Sie sollen meinen Sohn finden, oder ich werde Sie verklagen. Sie und das ganze Schulsystem, wegen Vernachlässigung ihrer Aufsichtspflicht." brüllte Seidel erneut in Richtung McDuggen.

„Wir tun alles, was uns möglich ist!" Erwiderte James und versuchte den aufgebrachten Mann zu beschwichtigen.
„Anscheinend ist das nicht genug, Mr. McDuggen", brummte Seidel und betrat das Feriencamp, sah sich im Lager um und musterte das Gelände.
„Wo wurde Peter untergebracht?"

„Gehen sie zu Mr. McLoch. Er wird Ihnen den Weg zeigen!", Erwiderte McDuggen und widmete sich den anderen Gästen, die soeben angekommen waren.

Seidel war erzürnt und wütend, dass man ihm nicht die volle Aufmerksamkeit schenkte, die er sonst von seiner Umgebung gewohnt war. Etwas orientierungslos ging er den Plattenweg zu den Gebäuden entlang, um dort auf gut Glück auf Mr. McLoch zu stoßen.

James McDuggen begab sich direkt auf das erste angekommene Polizeifahrzeug. „Sind sie der Leiter des Camps?", Fragte ihn der aussteigende Fahrer.
„James McDuggen. Ja, ich bin der Leiter", stellte McDuggen sich dem Vertreter der schottischen Polizei vor.
„Was ist passiert?", Wollte der Polizist sofort von ihm wissen.
„Sechs Kinder sind verschwunden. Und das seit gestern. Wir haben das Camp abgesucht und die nähere Umgebung. Aber es fehlt jede Spur von ihnen." Erklärte McDuggen den Sachverhalt. „
Was denn, gleich Sechs?" Kam, erstaunt die Gegenfrage.
„Leider ja", seufzte der Campleiter.
„Dann wollen wir uns mal umschauen. Vielleicht finden wir ja aufschlussreiche Informationen darüber, wo sich die Ausreißer befinden."
„Wenn sie mir folgen würden Officer." Bat James ihn und ging voraus.

Der leitende Officer winkte mit seiner Hand zu den zwei Polizeiautos und forderte seine restliche Mannschaft, die aus weiteren drei Polizisten bestand, auszusteigen und ihm zu folgen.

„Es ist für uns nichts Neues, wenn Kinder aus Feriencamps verschwinden! Meistens liegt es daran, dass sie sich die Aufmerksamkeit ihrer Eltern zusichern wollen. Später findet man sie in der Nähe, wo man sie nicht vermutet hätte. Gibt es hier in der Nähe Höhlen,

Brunnenschächte oder alte Farmen? Oder Ähnliches, wo sich die Kinder versteckt halten könnten?"

James McDuggen führte die Polizisten den schmalen Pfad, zur Hütte, hinauf.
„Das Einzige wäre ein alter historischer Friedhof und Glamis Castle", antwortete er nachdenklich.
„Glamis Castle? Das glauben Sie wohl doch selbst nicht! Wissen Sie denn nichts von der gruseligen Legende? Dahin zieht es doch keine Kinder! Das Schloss schließe ich gleich von vornherein aus. Wir werden eserst einmal auf dem Friedhof versuchen."

Der Officer betrat die Veranda und dann die Hütte, wo bereits fünf besorgte Erwachsene und Coach McLoch auf sein Eintreffen gewartet hatten.
„Wer kein Familienangehöriger der Kinder ist, verlässt sofort die Hütte", gab er allen Anwesenden im Inneren der Hütte den Befehl.
„Komm Everett. Wir warten draußen." McLoch schlängelte sich an den Polizisten vorbei und ging mit James hinunter zum Camp.
„Sie wissen, wo Sie mich finden können?", Fragte McDuggen den Officer.
„Aber sicher doch!", Erwiderte er und winkte ihn hinaus.

Der Polizeibeamte wandte nun seinen Blick den anwesenden Familienangehörigen zu.„Ich möchte sie bitten, sich zu setzen. Dann können wir in aller Ruhe die Situation analysieren und mit etwas Geduld, Licht in diese Affäre bringen."

„Wenn ich mich ihnen vorstellen darf. Mein Name ist John Middleton. Ich bin Captain bei der Polizeiabteilung für Entführung und vermisste Personen. Glauben Sie mir, wenn ich ihnen sage, dass wir in solchen Fällen routiniert vorgehen müssen, um nicht unnötige Emotionen zu schüren."
Wirklich vertrauenserweckend kam der Polizist den Eltern nicht

vor. Mit seinem steifen Auftreten und der dunklen Sonnenbrille wirkte er vielmehr hart und einschüchternd. Doch die Angehörigen konnten sich den Sachbearbeiter schließlich nicht aussuchen. Alle Anwesenden starrten ihn nach einigen Minuten, in denen sie sich geräuschvoll einen Platz suchten, erwartungsvoll an.

„Da ich jetzt ihre ungeteilte Aufmerksamkeit besitze, können wir mit der Untersuchung beginnen!" Middleton sah zu einem seiner Polizisten. „Godfrey. Sie werden die Informationen niederschreiben." Godfrey zückte Stift und Block und hielt sich bereit. „Wir fangen mit dem älteren Herrn in der Mitte an", bestimmte Middleton. „Bitte geben Sie als Erstes Ihre Personalien an, Sir", bat Middleton. Der Herr nickte.

„Ich bin Sir Conrad Allen Smith Edward. Ich besitze das Edward-Imperium, von dem Sie sicherlich schon gehört haben. Ich beschäftige mich mit dem Bergen versunkener Schiffe. Doch da ich selbst eine Abneigung gegen das Tauchen habe, finanziere ich diese Aktionen nur. Tauchen dürfen die Anderen. Dies ist meine Frau, Viktoria Elisabeth Edward. Sie züchtet Rosen und staffiert damit irgendwelche blöden Feiern aus."

Erstaunt hob Middleton eine Augenbraue und einige andere Anwesende folgten seinem Beispiel. Doch der Polizist stellte keinerlei Fragen. Victoria zog jedoch empört die Luft ein und starrte ihren Gatten entsetzt an. Ihre Gesichtsfarbe wechselte über ein dunkles Rosa bis hin zu einem knalligen Rot und kurz darauf bildete sich eine steile Zornesfalte auf ihrer Stirn. Sie wollte gerade losschimpfen, als Middleton sich einmischte.

„Bitte tragen Sie Ihre ehelichen Probleme Zuhause aus. Ihr Beruf ist jetzt nicht ausschlaggebend für die weiteren Untersuchungen. Lassen Sie uns darauf konzentrieren, die Kinder wiederzufinden!" Anstandslos schloss Victoria ihren Mund wieder und begann statt-

dessen bei der Erwähnung der verlorenen Kinder leise zu weinen.
„Und wie heißt ihr Sohn oder Ihre Tochter?", fragte Middleton ro-
boterhaft weiter.

„Susan Beatrice Samatha Edward", antwortete Sir Edward.
"Und können Sie ihre Tochter beschreiben?", fragte Middleton weiter.
„Sie hat blondes Haar. Sie kommt natürlich ganz nach mir", ant-
wortet Madame Edward und fasste sich dabei mit beiden Händen
an ihr Herz.

Middleton hätte am liebsten mit den Augen gerollt. Er hatte das Gefühl, dass sich diese Befragung eine ganze Weile hinziehen könnte.
Doch zum Glück konnte er der aufgeregten Madame Edward noch
weitere Angaben zur Größe und den besonderen Merkmalen ihrer
Tochter entlocken, die Godfrey fleißig mitschrieb.

„Gut", nickte er schließlich. Kommen wir zu dem Nächsten. Der
Herr neben Madame Edward. Sie sind …?"
„Mein Name ist Gustaf Seidel. Ich leite die Seidel Werke bei Hamburg. Mein Sohn heißt Peter Seidel, ist dreizehn Jahre alt. Er trägt
eine Brille, hat braunes Haar und dürfte um die 150 Zentimeter
groß sein. So genau kann ich es momentan nicht sagen, da er sonst
bei meiner Frau lebt."

„Endlich einmal eine kurze und präzise Antwort, mit der man etwas anfangen kann. Haben sie das, Godfrey?", fragte Middleton.
Der Angesprochene nickte.
„Kommen wir nun zu der Dame ganz links außen." Middleton zeigte dabei mit seinem Finger auf die Dame.

Die Dame warf ihr perfekt gestyltes pechschwarzes Haar nach hinten, das von einem rosa Haarreif geschmückt wird, dessen Diaman-
ten auch im schwachen Licht der Hütte funkelten und bei jeder Be-

wegung kleine Reflexionen durch den Raum schickten.

„Ich bin Francesca Eleonora Cornelia Maria Satienne. Ich mache in Mode. Bestimmt haben Sie, Madame Edward, einmal einen meiner Entwürfe getragen!" Sie streift Madame Edward mit einem Seitenblick und konzentriert sich dann wieder auf den Polizisten.

„Wie heißen Ihre Kinder?", Fragte Middleton geschäftsmäßig und hoffte inständig auf eine brauchbare Auskunft.
„Rebecca und Miro."
„Wie alt sind sie?"
„Rebecca ist zwölf Jahre alt und Miro acht."
„Wie sehen ihre beiden Kinder aus?"
Maria Satienne kramte in ihrer Handtasche herum und holt ihre Geldbörse hervor. Sie öffnete sie und entnahm ihr zwei Porträts ihrer Kinder.
„Rebecca hat schwarzes langes Haar. Sie reichen ihr bis zur Schulter. Sie trägt sie meistens offen."
„Und Miro?", fragte Middleton weiter.
„Miro hat leichtes gelocktes Haar …", dann begannen die mühsam unterdrückten Tränen zu fließen und anstatt eine weitere Beschreibung der Kinder zu liefern, reichte sie dem Polizisten einfach die Bilder.
Middleton nahm sie entgegen, warf einen Blick darauf und reichte sie an Godfrey weiter, mit der Anweisung, sie zu dem Bericht dazu zu nehmen.

Rasch brachten die Polizisten die Befragung zu Ende und ließen die Eltern dann in Gesellschaft eines Polizeipsychologen alleine. „Wir suchen jetzt erst einmal diesen McDuggen noch einmal auf!", Befahl Middleton und Herbert und Godfrey folgten ihrem Vorgesetzten wie treue Hunde.

„Mr. McDuggen. Wir müssen uns unterhalten", platzte Officer

Middleton in das Büro des Campleiters.

McDuggen war an seinem Schreibtisch hinter den riesigen Aktenstapeln kaum zu sehen, sodass er sich der Höflichkeit halber kurz erhob, um den Polizisten einen Platz auf den Besucherstühlen vor seinem Schreibtisch anzubieten. Danach setzte er sich selbst wieder hin und schob die Akten so zusammen, dass er eine einigermaßen uneingeschränkte Sicht auf seine Besucher hatte.

„Wann haben sie bemerkt, dass die Kinder fehlen?", Kam Middleton ohne Umschweife zur Sache. James stellte sich auf das nüchterne Gespräch ein und antwortete ebenso knapp und prägnant. „Seit gestern zehn Uhr morgens. Sie müssen wissen, dass ab neun Uhr der Speisesaal für das Frühstück geöffnet wird. Bei all den Kindern kann man es nicht so schnell feststellen, ob jemand fehlt. Erst als unsere Küchenleiterin Mrs. Skibberdeen feststellte, dass die Neuen ihr Essen nicht abgeholt hatten, fiel es auf. Ich wusste, wen sie meinte, als sie von den Neuen sprach. Ich ging kurz darauf zur Hütte und fand sie leer vor."

„Können Sie mir noch einige Informationen über diese Kinder geben, die uns vielleicht in diesem Fall weiterhelfen?", Fragte Officer Middleton und deutete Godfrey gleich darauf an, dass er die Antworten des Schulleiters mitschreiben sollte.

„Ich dachte, die Namen hätten sie bereits von ihren Eltern erhalten?", Fragte James erstaunt.
„Ja, natürlich, aber Eltern sehen ihre Kinder ja immer in einem etwas anderen Licht als andere Leute. Vielleicht waren die Kinder aufsässig oder gewalttätig oder haben Drogen genommen? Also können Sie uns die Kinder nochmals aus Ihrer Sicht beschreiben, bitte?"

Trotz des hinzugefügten Wortes „Bitte" klang der Satz von Officer

Middleton eher wie ein brutaler Befehl. Doch James McDuggen ließ sich davon nicht einschüchtern. Er zuckte mit den Schultern und erzählte dem Officer, was er über die Kinder wusste.

„Es sind vier Jungs und zwei Mädchen, die vermisst werden. Susan Edward, Zwölf Jahre alt. Leicht orange gefärbtes Haar. Sie trägt einen schwarzen Haargummi um ihren Pferdeschwanz. Als ich sie zuletzt sah, trug sie eine weiße Bluse mit blauen Stickereien am Kragen und eine schwarze Jeanshose."

„Henry Verneul ist gebürtiger Franzose. Vierzehn Jahre alt. Ich habe seinem Vater eine Nachricht zukommen lassen, da er mit einem gebrochenen Bein zu Hause liegt. Henry ist der Größte von den Kindern. Als er hier ankam, trug er einen dunkelblauen Anzug mit einer gelben Krawatte. Er hat kurz geschorenes Haar. Möchte fast sagen, dass es sich dabei um einen Igelschnitt handelt. Haarfarbe ist schwarz."

James sah, dass Godfrey nur Häkchen setzte hinter die Beschreibungen, die die Eltern bereits von ihren Kindern abgegeben hatten. Es war doch reine Zeitverschwendung, wenn er dieselbe Beschreibung noch mal herunterbetete. Wäre es nicht sinnvoller, wenn die Polizisten sich endlich an die Arbeit machen und nach den Kindern suchen würden? Sein Entschluss war schnell gefasst. Er würde das Verhör auf seine Weise abkürzen und wusste auch schon wie. Beinahe hätte er gegrinst, aber das konnte er sich zum Glück verkneifen.

„Ich habe eine Akte mit sämtlichen Daten und Fakten über die Kinder angelegt. Am Besten Sie nehmen sie mit. Darin finden Sie alle wichtigen Daten, die ich Ihnen über die Kinder geben kann. Darin finden sie auch Fotos. Und keines der Kinder weist irgendwelche Verhaltensauffälligkeiten auf. Ich befürchte, dass ich Ihnen daher nicht mehr Informationen geben kann, als die Eltern ihnen gegeben haben. Nehmen Sie also bitte die Akte mit und dann wäre es mir recht, wenn Sie mich jetzt weiterarbeiten ließen!"

James entnahm aus seiner Dokumentenablage eine dünne Akte, die oben und unten mit einem Gummizug befestigt war. Er erhob sich, drückte sie dem verblüfften Middleton in die Hand und ging dann voraus, um die Bürotür zu öffnen. Völlig überrumpelt davon erhoben sich die Polizisten und verließen das Büro. James warf die Tür hinter ihnen lauter zu als nötig.

„Na, dann wollen wir mal mit der Suche beginnen", seufzt Middleton und die Drei verlassen zielstrebig das Gebäude.

FRIEDHOF DER SCHMUGGLER

Auf der großen Wiesenfläche waren die Überreste eines längst vergessenen Friedhofs noch erkennbar. Doch die Namen auf den verwitterten Grabsteinen waren kaum mehr zu entziffern und man konnte nur raten, wer in welchem Grab verscharrt worden war.

Der Legende nach wurden auf diesem Friedhof die Gebeine einer bösen Hexe vergraben, die man zuvor gefoltert und verbrannt hatte. Und die Seele dieser Hexe soll immer noch hier spuken und unwillkommene Besucher verfluchen oder bis nach Hause verfolgen.

Da keiner ein solches Risiko eingehen wollte, wurde der Friedhof von den Einheimischen gemieden. Doch die Schmuggler, die keine Angst vor Hexen oder gar dem Teufel persönlich hatten, ließen sich von der Legende nicht beeindrucken – wenn man genau hinsah, stammte diese Legende sogar von ihnen und sie hatten die erfundene Geschichte in die Welt gesetzt, um den Friedhof ganz für sich alleine zu haben. Er eignete sich vorzüglich dafür Schmuggelware zu verstecken und gelegentlich bei Bedarf wieder auszugraben.

Dunkle Gestalten hielten sich zeitweise versteckt und beobachteten durch einen Feldstecher das bunte Treiben der herumirrenden Polizisten, die mit Suchhunden die Gegend nach den vermissten Kindern absuchten. Der Wind pfiff so schaurig, als würde er die Geister des Friedhofs beschwören. Doch es war ja zum Glück heller Tag, es sollte also keine Gefahr darstellen, zwischen den Grabsteinen nach dem Rechten zu sehen. Zumindest hofften das die Polizisten und die Suchhundestaffel. Denn ein gewisses mulmiges Gefühl blieb zurück. Natürlich würden sich die gestandenen Männer das nicht eingestehen. Niemand wollte zugeben, dass er Angst hatte.

„Ich glaube nicht, dass wir hier die Kinder finden!", Flüsterte Godfrey seinem Kollegen Herbert zu, der neben ihm ging. Vor ihnen lief ein Hundeführer mit einem scharfen Schäferhund, der die Nase an den Boden gedrückt hielt und eifrig nach einer Fährte suchte.

„Wohl war. Das Beste ist, wir kehren um, legen unsere Beine hoch und genießen einen Portwein beim Kaminfeuer."
„Ein herrlicher Gedanke!", Erwiderte Godfrey und schwelgte schon voll Sehnsucht in dieser Vorstellung der Erholung.

„Das sieht dir mal wieder ähnlich. Du denkst an dein leibliches Wohl, während hier draußen die Kinder umherirren und tausend Ängste ausstehen müssen. Wer weiß, was ihnen schon widerfahren ist?", Schimpft Herbert seinen Kollegen aus, obwohl er ihn ja erst auf diesen Gedanken gebracht hatte.

Einer der Schäferhunde bellt laut auf, zum Zeichen dafür, dass er etwas gefunden hatte. Er wollte die Spur auch weiter verfolgen, doch die Leine um seinen Hals bremste ihn. Erwartungsvoll bellte er sein Herrchen an. Er wollte unbedingt die interessante Fährte weiter verfolgen. Er wittert etwas!" stellte sein Führer überflüssigerweise noch mal fest und gab die Leine etwas lockerer, damit der Hund in Richtung der Witterung weitergehen konnte.

Als der Hund stehen blieb und auf der Erde herumschnüffelte, wurde er sanft zurückgehalten und für seine Leistung gelobt. Mit hechelnder Zunge setzte sich der Hund hin und beobachtete, wie die Männer den Fund genauer untersuchten. Herbert kniete sich vorsichtig über die Stelle und fasste mit den hastig übergezogenen Handschuhen die Zigarre an. Sie war noch warm!

Triumphierend hob er sie hoch und tütete sie ein. „Sie ist noch warm! Wenn die Kinder hier waren, dann sind sie noch in der Nähe.

Schätze mal, dass sie nur einen knappen Vorsprung haben", stellte er stolz fest und stand wieder auf. Die Tüte mit der Zigarre verstaute er vorsichtig in seiner Jackentasche.

„Ich glaube nicht, dass die Kinder hier waren!", Seufzte Herbert. „Ich glaube eher, dass Du ein Trottel bist!"
Verwirrt wegen der ungewohnten Beleidigung starrte Godfrey seinen Partner an.
„Wieso?"

Kommentarlos griff Herbert Godfrey in die Polizeijacke und zog die Tüte wieder heraus. Dann schwenkte er sie knapp unter Godfreys Augen hin und her.

„Kennst du Kinder, die eine Cohiba, rauchen?", fragte er und konnte nicht fassen, dass sein Kollege so schwer von Begriff war.
„Eine was?", Fragte dieser zurück.

„Eine brasilianische Zigarre. Eine nicht gerade billige Zigarre", erklärte Herbert und drückte Godfrey die Tüte wieder in die Hand, damit er sie sich nochmals anschauen konnte.

„Woher kennst du dich so gut mit Zigarren aus?", Fragte er zurück, ohne zuzugeben, dass er eine wirklich dumme Idee von sich gegeben hatte. ... Wie peinlich! Zigarren rauchende Kinder, obwohl, bei der Jungend von heute weiß man dass doch nie, oder?

„Ich war mit meiner Frau im Urlaub in Rio de Janeiro. Dort wollte ich auch mal eine Zigarre rauchen. Der Händler hatte so viel zur Auswahl, sodass ich ihm von jeder Sorte eine abkaufte. Hat mich insgesamt an die 150 Pfund gekostet", begann Herbert zu erklären, doch er führte den Satz nicht zu Ende, sondern kniete sich plötzlich ins Gras und suchte mit den Augen die Stelle genau ab.
„Hast Du was entdeckt?", fragte Godfrey und war froh, dass er das

Thema wechseln konnte.

„Hier ist niedergetrampeltes Gras. Eine Fußspur vielleicht. Oder etwas Anderes?" Herbert erhob sich und ging langsam weiter. Er versuchte der kaum zu erkennenden Spur zu folgen, die er im Gras entdeckt hatte.

„Verdammter Mist", fluchte er plötzlich und saß eine Sekunde später schon auf dem Hosenboden.
Godfrey grinste. „Ich dachte, du hast bereits mit einem Jahr Laufen gelernt?"

„Das habe ich auch, aber ich bin über etwas gestolpert!", erwiderte Herbert, als er sich aufrichtete und sich zu der Stelle, wo er ins Stolpern geraten war, umdrehte. Dort ging er wieder in die Knie und schob vorsichtig das Gras zur Seite.
„Was ist das denn?", Fragte er sich leise selbst, als er ein Stück Holz dort liegen sieht.

„Bestimmt nur ein alter verrotteter Holzbalken", antwortete Godfrey ungefragt, kniete sich neben seinen Kollegen und machte Anstalten, das Holzstück aufzuheben. Doch als er daran zog, öffnete sich ein Spalt in der Erde und aus der Dunkelheit kamen unerwarteterweise ein Dutzend Fledermäuse herausgeflogen, die sich durch das Aufmachen ihrer Schlafstätte bedroht fühlten und wild umher flatterten. Godfrey und Herbert fuchtelten mit ihren Armen und versuchten die angreifenden Fledermäuse zu verjagen. Als sich die Lage wieder beruhigte und sie gefahrlos in das dunkle Erdreich schauen konnten sahen sie etwas schimmerndes Weißes … Keuchend ließ Herbert das Holzstück los und verzog angewidert das Gesicht.

„Das ist ja widerlich. Das ist nicht einfach ein Stück Holz, das ist ein Stück Holz von einem Sarg. Und direkt darunter liegt sogar noch sein Bewohner …"

„Ich hätte schwören können, es wäre nur ein Schmuggelversteck", sagte sein Kollege lahm, fasste aber das Holzstück nicht mehr an. Auch ihm war gruselig zumute. So einem alten Skelett begegnete man schließlich nicht alle Tage.

„Schmuggler? Ich bitte Dich! Du liest zu viele Kriminalromane. Und außerdem suchen wir die vermissten Kinder und keine Schmuggler", mahnte Godfrey.

„Ich weiß, was unsere Aufgabe ist. Doch wenn es sich um Schmugglerware handeln würde, wäre das auch durchaus interessant. Ich habe erst gestern rein zufällig die Nachrichten gesehen. Da war ein Beitrag aus Italien, wo man auf einem abgelegenen Friedhof, eine Leiche exhumieren wollte. Doch stattdessen fand man kulturelle und kirchliche Schätze, im Wert von acht Millionen Euro, im Sarg" gab Herbert sein neues Wissen preis.

„Wir sind aber nicht in Italien, sondern in Schottland", stellte Godfrey augenrollend fest. Er wollte nur weg von diesem gruseligen Skelett und lieber nach lebenden Kindern suchen. Am besten in der Nähe der Hunde. Man konnte ja nie wissen. Also stand er einfach auf und ging in Richtung des Hundeführers, der weitere interessante Spuren untersuchte.

„Was haben Sie denn?", Fragte Godfrey den Hundeführer, als er aufgeholt hatte.
„Die Spur hier führt in Richtung Glamis Castle", erklärte dieser und kniete sich kurz hin, um den Hund lobend zu streicheln.
„Es muss aber nicht unbedingt heißen, dass sie auch zum Schloss gegangen sind. Es könnte ja sein, dass sie irgendwo abgezweigt sind."

„Könnte möglich sein, aber eher unwahrscheinlich!", antwortete der Hundeführer mit Bestimmtheit.

„Unwahrscheinlich? Wieso?"
„Weil es keine Abzweigung mehr gibt. Der Pfad führt direkt zu Glamis Castle."

„Diese dummen Kinder! Was haben die sich nur dabei gedacht?" Murmelte Godfrey vor sich hin.
„Hört mir mal alle zu", rief Godfrey seinen Suchbegleitern zu.
„Wir werden die Spur zu Glamis Castle verfolgen. Bei Hütten oder Wohnhäusern werden sich jeweils zwei Mann von der Truppe entfernen, um diese zu untersuchen."

Godfrey winkt mit seiner Hand in Richtung Glamis Castle. Sie entfernen sich allmählich vom alten Friedhof.
„Da haben wir aber noch mal Schwein gehabt!", Flüsterte der große bärtige Bryan Silver zu seinen drei Begleitern, die sich hinter ihm im Gebüsch versammelt hatten. Sie erhoben sich eilig und kamen hervor. Bryan Silver drehte sich zu Jarrett Garcia-Alvarez um.

„Wie oft habe ich dir schon gesagt, dass du aufpassen sollst, wo du deine Zigarrenstummel hinschmeißt. Nur wegen dir könnte man uns allen auf die Spur kommen. Am liebsten würde ich dir den Scheitel ziehen, damit Du dir das endlich merkst."
Langsam gingen sie auf das halb offene Grab zu, wobei sie ab er noch ein Auge auf die abziehenden Polizisten hatten. Als diese samt den Hunden endlich außer Sichtweite waren, kümmerten sie sich nur noch um das halb offene Grab. Rasch rissen sie mit bloßen Händen die losen Holzbretter heraus, wobei sie auch Erde und Gras mit von der Stelle wegzogen. Schließlich lag das offene Grab samt dem bleichen Skelett direkt vor ihnen. Doch das Skelett war nicht der Grund für ihre Aktion. Sweeney und Mooney fummelten am Innendeckel des Sarges herum und hoben ihn dann an, um das Skelett samt Deckel aus dem Grab zu wuchten. Darunter blitzten und funkelten die eigentlichen Gegenstände, auf die sie es abgesehen hatten. Diebesgut aus Gold und Silber, seit Jahrzehnten oder

gar Jahrhunderten unberührt.

Rasch zogen sie die mitgebrachten Stoffsäcke aus ihren Jackentaschen und füllten sie mit Ketten, Bechern, Broschen und was immer sie in dem Versteck vorfanden. Als nicht mehr die kleinste Kleinigkeit aus dem Grab herauszuholen war, gingen sie zufrieden zu dem versteckten Wagen zurück, den sie etwas abgeschieden geparkt hatten.

„Leute, dafür haben wir Hals und Kopf riskiert. Nun bleibt uns nur noch eins zu tun. Wir verhökern es an unseren Abnehmer!", Rief Bryan und die Anderen stimmten ihm jubelnd zu.

GLAMIS CASTLE

Oben auf der Anhöhe ragten die majestätischen Türme hoch und furchterregend in den Himmel. Durch die abendliche Dunkelheit und den aufziehenden Nebel bot sich den jugendlichen Abenteurern ein gruseliger Anblick. Unheimliche Geräusche in den Büschen, das Heulen des Windes, das Rascheln der Blätter und die Schreie der jagenden Eulen gaben die perfekte Hintergrundmusik für das Abenteuer ab. Mit klopfenden Herzen lenkten sie bei jedem Geräusch die mitgebrachten Taschenlampen auf den Weg vor sich oder ins Gebüsch, um herauszufinden, ob es sich nur um ein Tier oder nicht doch um ein Monster handelte, das sich hier ebenfalls herumtrieb. Im Nebel wirkte jeder Schatten wie eine Gestalt, die auf die Kinder zukam und sie erschrecken wollte oder noch Schlimmeres im Sinn hatte.

Dicht aneinandergedrängt blieben die Freunde auf dem Weg, den sie eingeschlagen hatten. Rebecca hatte inzwischen vor Angst Henrys Hand ergriffen und nicht einmal die Zeit, sich dafür zu schämen oder zu entschuldigen. Und Henry, der nicht zugeben wollte, dass er selbst Angst hatte, nahm die Hand ohne Umschweife.
„Man sieht ja kaum etwas! Ich glaube, dass es das Beste wäre, wenn wir jetzt einfach umkehren", schlug er lässig vor, obwohl ihm Schweißperlen der Angst auf der Stirn standen.

„Du Schisser. Wir kehren nicht um. Jetzt sind wir schon so weit gekommen, da ziehen wir das auch durch!", Zischte Charly, der Susan an der Hand hielt. Susan drückte seine Hand, wie um ihm zuzustimmen.

Miro drängte sich näher an seine Schwester und ergriff Rebeccas freie Hand. Keines der Kinder konnte sich wirklich entscheiden, ob sie ihrer Angst nachgeben und umkehren sollten oder ob sie lieber das Geheimnis von Glamis Castle lüften wollten. Ängstlich und immer langsamer trippelten sie weiter. Allen voran Peter, dicht gefolgt von Charly und Susan und dahinter Rebecca, Henry und Miro.

„Hättest Du nicht den ganzen Tag herumgetrödelt, um Landschaftsaufnahmen zu schießen und Dich nach Fossilien umzuschauen, wären wir auch schon lange auf dem Schloss und müssten uns hier nicht in der Dämmerung einen Weg suchen!", Fügte er noch grummelnd hinzu. Die Anderen ignorierten den Kommentar, um keine Diskussionen anzuheizen. Stattdessen konzentrierten sie sich auf den Weg, um nur ja schnellstmöglich und sicher zum Schloss zu gelangen.

Plötzlich stolperte Peter, taumelte nach vorn, auf die finsteren Gestalten zu, die sich plötzlich schemenhaft in der Dunkelheit abzeichneten und verschwand im Nebel. Die Anderen kreischen vor Angst und blieben stehen. Es polterte und Peter schrie auf. Dann schepperte es. Bange Sekunden lang war es beinahe totenstill. „Peter?", rief Charly dann als Erster und die Anderen stimmten in die Rufe ein.

Etwas näherte sich in der Dunkelheit, wurde rasch größer, dann sauste etwas durch die Luft und schlug auf dem Boden auf.
„Was war das?", Kreischte Rebecca in den höchsten Tönen und zerquetschte beinahe Henrys Hand. In die darauffolgende Stille hinein hörte man Peters vergnügtes Lachen.
Er kam näher und gab sich den Freunden zu erkennen.
„Bist du total übergeschnappt, uns so einen Schrecken einzujagen?", Fauchte Susan und schlug ihm mit der Faust auf die Schulter.
„Ich hätte beinahe einen Herzinfarkt bekommen!" Dann sah sie sich Peter genauer an, der mit einem Schwert in der Hand vor ihnen stand.

„Woher hast Du denn das Schwert?", fragte sie und vergaß ihre Wut wieder. Jetzt trat mehr die wissenschaftliche Neugier in den Vordergrund.

„Skulpturen", erklärte er grinsend.
„Was?", Fragte Rebecca.
„Was wir für finstere Gestalten gehalten haben, sind in Wirklichkeit Skulpturen. Als ich gegen eines dieser Skulpturen donnerte, fiel ihr das Schwert aus der Hand. Wir haben es gleich geschafft. Ich habe so etwas wie einen Eingang gesehen. Wir müssen nur den Skulpturen folgen", erklärte Peter.

Die Kinder gingen den Weg zwischen den Skulpturen entlang und plötzlich wirken sie nicht mehr so bedrohlich wie zuvor, sondern eher liebenswert. Wenn man erst einmal die Schönheit der Bearbeitung betrachtet und erkennt, dass es sich bei den Statuen um junge Damen handelt, deren Gewänder aussehen, als würden sie lange Gewänder tragen, auf denen Rosen aufgestickt sind. Umrankt waren sie zudem von echten, lebendigen Rosen und Kletterpflanzen, die den Sockel und Teile der Statue umschlangen.

Dann machte der Weg eine Biegung und sie kamen über die Holzbrücke, die zum Eingang führte. Unter ihnen gurgelte und schwappte das Wasser, vor Ihnen ragte die hohe Steinmauer empor und das Gittertor, das den Eingang verschloss. Die Kinder waren zunächst etwas ratlos. Jetzt waren sie schon so weit gekommen und jetzt das.
„Wie sollen wir da rein kommen?" Bohrte Susan nach.
„Das Gitter ist ja sicher verschlossen!", Jammerte sie.
„Und ich will ganz bestimmt nicht heute Nacht im Freien übernachten!"
Charly rollte mit den Augen.
„Was hast Du denn erwartet? Ein Willkommensschild über der Tür und einen roten Teppich?", Spottete er.
Die Anderen grinsten.

„He, das Gitter hier ist ein Fallgitter, das man früher nur mit dem Flaschenzug hochheben konnte. Aber man muss hier irgendwo seitlich an dem Tor vorbeigehen können. Da wir ja nicht beritten sind und mit Pferd und Rüstung hineinwollen" Charly leuchtete mit der Taschenlampe am Fallgitter entlang und fand die Stelle, an der er in den Innenhof des Schlosses gelangen konnte. Die Anderen folgten ihm erleichtert. „Gut, dass wir endlich drin sind!", Sagte Susan.

„Ich bin mir nicht so sicher, ob es besser ist, hier drin zu sein, als dort draußen", flüsterte Rebecca. „Falls hier drin ein Monster herumschleicht, dann wäre ich auf jeden Fall auch lieber draußen – oder im Camp", sagte Miro leise.

„Jetzt stellt euch nicht so an", rief Charly. „Wir waren uns doch einig, dass es keine Monster gibt und das werden wir auch beweisen. Also kommt schon, lasst uns in das Schloss hineingehen!"

Sie überquerten dicht nebeneinander den dunklen Innenhof, den der Mond durch den immer stärker werdenden Nebel nur schwach ausleuchtete. Dann standen sie vor der schweren Eingangstür. Die Kinder mussten sich ordentlich ins Zeug legen, um das schwere, quietschende Tor aufzubekommen. Das erbärmliche Quietschen der Tür jagte ihnen einen Schauer über den Rücken. Staub und Spinnweben rieselten von irgendwo auf sie herunter. Vermutlich war schon eine Weile keiner mehr hier gewesen. Zumindest seit ein paar Tagen, denn die Spinnen konnten ihre Netze ja recht schnell anfertigen.

Neugierig quetschten sie sich beinahe gleichzeitig durch die Tür und richteten die Taschenlampen in das Innere des Schlosses. Doch bereits Sekunden später entflammten in der gesamten Eingangshalle die Fackeln, die an den Wänden in eisernen Halterungen steckten. Hinter ihnen knallte die Tür ins Schloss, obwohl sie sie nicht hinter sich zugezogen hatten und auch kein Lüftchen sich regte.

Miro zitterte und fasste seine Schwester fest an der Hand. Susan und Rebecca rissen die Augen auf und schauten sich panikartig um. Sie erwarteten, jede Sekunde ein Monster zu sehen, das die großen steinernen Treppen herunterkam und sich auf sie stürzen würde. Oder auch weiße Geister, traurige Edelfräuleins, die in langen Gewändern herbeischweben würden.

„Jetzt stellt Euch nicht so an", sagte Charly tapferer als er eigentlich war. „Lasst uns den Fackeln folgen, solange sie noch brennen. So können wir die Taschenlampen schonen und das Schloss erkunden. Aber achtet darauf, wo ihr hintretet, damit ihr nicht stolpert oder irgendwo einbrecht."

Gehorsam löschten und verstauten die Freunde ihre Taschenlampen und folgten Charly, der Susans Hand losgelassen hatte. Er hatte ganz selbstverständlich die Rolle des Anführers übernommen und ging ganz darin auf. Während er zielstrebig und schnell den Fackeln den Gang entlang folgte, betrachtete Rebecca interessiert die wundervollen Gemälde, die an den Wänden hingen. So wollte sie auch einmal malen können. Wie traurig der Maler gewesen sein musste, als er die Personen und Landschaften dargestellt hatte. Sie konnte beinahe den Schmerz und die Trauer fühlen. Ob er wohl Liebeskummer gehabt hatte?

Als sie schließlich die Anderen eingeholt hatte, standen diese bereits vor einem großen Spiegel und die Fackeln ringsum begannen zu verlöschen, als hätten sie die Kinder genau an diese Stelle führen wollen. Doch kein Luftzug regte sich in der Halle. Plötzlich erscheint auf dem Spiegel eine Botschaft aus winzigen Flammen, die auf dem silbern glänzenden Hintergrund die folgenden Worte zeigen:

WER DIESE ZEILEN LIEST, WIRD ERSTMALS SEIT GENE-RATIONEN DIE HEILIGE HALLE DER KÖNIGE BETRETEN. DER SCHLÜSSEL IST DIE ANTWORT

1603. EIN MONARCH ÜBER ZWEI KÖNIGREICHE

„Was soll das bedeuten?", Fragte Henry.
„Na komm schon, Charly, das musst du doch wissen, als alter Ge-schichtsfreak!", Schubste Peter seinen Kumpel an.
„Lass mich mal nachdenken", murmelte Charly und senkte seinen Kopf beim Überlegen.

„Beeile dich aber, die Gravuren verschwinden schon wieder!", Trieb Peter ihn zur Eile an.
„Nun mach schon, es sind nur noch die Linien zu sehen. Es ist gleich verschwunden", rief Peter laut und seine Stimme hallte von den Wänden wider.

„Das müsste Jakob VI. gewesen sein!", Sagte Charly endlich, und da war die Schrift auch schon verschwunden und die Kinder standen in völliger Dunkelheit vor dem Spiegel.
„Na toll! Leider etwas zu spät!", Beschwerte sich Henry.

Sekunden später ertönt ein lautes Zischen und ein fallendes Feuer landete auf dem Boden direkt vor dem Spiegel. Die Kinder hatten nicht gesehen, woher die Feuerkugel gekommen war und drängten sich erschrocken aneinander. Das Feuer breitete sich linienförmig nach links, rechts und nach oben aus, als ob es den Spiegel teilte. Die Kinder treten erschrocken zurück und schauten zu, wie die Linien sich immer weiter ausbreiteten. Sie schauten nach oben und sahen die brennenden Linien an der Decke entlang ziehen. Ein Geräusch, ähnlich dem Entriegeln eines uralten Türschlosses, erklang und der Spiegel schwang nach innen auf.

„Sieht so als, ob du es doch geschafft hast, Charly!", Lobte ihn Henry und schlug ihm kräftig auf die Schulter.

„Dann geh mal rein und schau Dich um, und wir warten hier auf Dich!", Fügte er hinzu.

„Kommt nicht in Frage! Wenn, dann gehen wir alle rein. Am besten fassen wir uns an den Händen, damit keiner verloren geht!", Machte Charly einen Gegenvorschlag.

Er und Peter nahmen Susan in die Mitte und Henry und Miro Rebecca. Dann gingen die beiden Dreiergruppen nacheinander durch den geöffneten Spiegel. Dahinter entzündeten sich plötzlich Fackeln wie von Geisterhand, die ihnen erneut einen Weg weisen wollten.

Gemälde von schottischen Königen zeigen sich im brennenden Fackelfeuer. Goldene Rahmen zierten die Gemälde.

„Seht euch das an. Die müssen ein Vermögen wert sein!" Rebecca lies Henrys Hand los und wollte einen der Rahmen anfassen. „Rebecca nicht!", Schrie Charly und Rebecca erstarrte mitten in der Bewegung. Dann wendete sie sich zu ihm um.

„Was ist denn? Ich wollte nur diesen Rahmen berühren."

„Nein, das willst Du nicht! Denn es könnte sein, dass du dadurch eine Falltür oder etwas anderes tödliches ausgelöst hättest. Also fasse bitte nichts an!"

Charly drehte sich zu den Anderen um und blickte jeden von ihnen einmal kurz an.

„Das gilt für euch alle! Nichts anfassen!"

Da Charly nicht umsonst einen Ruf als Geschichtsfreak hatte, nickten alle. Charly kannte sich am besten mit solchen Dingen aus und niemand hatte Lust, in eine Falltür zu stürzen oder von einem Fallbeil zerhackt zu werden.

Vorsichtig gingen sie weiter und gelangten in die Halle der Könige. Dort ließen sie sich los, um sich in der Halle genauer umsehen zu können, stets darauf bedacht, ja nichts zu berühren. Sie war prächtig ausgestattet mit Regalen voller Bücher, Ritterrüstungen, Schwertern, Lanzen, Wappen, goldenen Kelchen und allem, was man sonst nur aus Museen kannte. Susan hatte sich als Erste wieder gefasst und zückte ihren Notizblock, um den Leitspruch vom Marmorboden abzuschreiben.

„Was steht denn da?", Fragte Henry.

„Königliches Blut in alle Ewigkeit verbunden", antwortete Susan und kniete sich dann hin, da sie am Sockel einen kleinen Knopf entdeckt zu haben glaubte. Sie versuchte, ihn zu drücken und stieß gleich darauf einen Schrei aus, der die anderen herbeilockte. Schnell stand sie auf und steckte den Zeigefinger reflexartig in den Mund.

„Etwas hat mich gestochen", erklärte sie nuschelnd und nuckelte noch ein paar Sekunden an ihrem verletzten Finger.

„He, schaut mal!", Forderte Miro die Anderen auf.

Sie schauten auf die unteren Metallringe, die sich langsam dunkel färbten. Der dunkle Ton breitete sich stetig aus bis hinauf zum Norden auf der goldenen Weltkugel. Dort sammelte sich die Farbe und bildete einen Tropfen, der genau in die Mitte des Nordpols fiel. Ein greller Lichtstrahl drang durch den Äquatorring nach außen. Die Kugel öffnete sich in Nord- und Südhalbkugel.

„Etwas scheint darin verborgen zu sein!", Stellte Rebecca fest. Susan trat vorsichtig näher, da sie ja eigentlich nichts anfassen wollten. Dort sah sie zwischen den goldenen Hälften der Kugel eine Pergamentrolle. Sie konnte nicht anders und zog die Rolle heraus. Charly sah sich vorsichtshalber um, um festzustellen, ob sie dadurch bereits einen geheimen Mechanismus ausgelöst hatten. Er wollte nicht wie Indiana Jones aus dem Schloss fliehen müssen. Gemeinsam gingen sie zu einem großen, hölzernen Stehpult, wo Susan die Rolle vorsichtig öffnete und ausrollte.

„Was steht drin? Was steht drin?", Fragte Henry ungeduldig, da nicht alle gleichzeitig ihre Köpfe über dem Pergament zusammenstecken konnten.

Susan las für alle vor:

ANNO DOMINI 1692. BLUT WIRD MIT BLUT GEGOLTEN. UNSERE NIEDERLAGE IST GEWISS. AUF ANORDNUNG DER BRITISCHEN KRONE WERDEN ALLE MITGLIEDER UNSERES CLANS ERMORDET. NUR WENIGE SIND ENTKOMMEN. IRGENDWANN WIRD DER TAG KOMMEN AN DEM SICH DIE ALBANNACHS WIEDER ERHEBEN. FÜR UNSERE CLANMITGLIEDER LIEGT DIE MÄCHTIGSTE WAFFE, DIE NIEMALS IN DES FEINDES HAND FALLEN DARF, FÜR IMMER IM INNEREN VERBORGEN.

ROBERT ROY MACGREGOR

Charly ging nachdenklich von den Anderen weg und sah sich die Gemälde an den Wänden genauer an.

„Fällt euch etwas an den Gemälden auf?", Fragte Charly und wartete auf die Reaktionen seiner Freunde. Die Kinder schauten sich an.

„Also ich kann nichts Weltbewegendes feststellen!", Sagte Henry achselzuckend.

„Ich auch nicht", fügte Peter hinzu.

„Sie sind sehr schön gemalt!", Stellte Rebecca fest. „Diese Farben und diese Ausdrucksweise", fügte sie hinzu.

„Seht ihr das Gemälde direkt vor mir?", Fragte Charly.

„Ja. Und?" Fragte Susan zurück.

„Dieses Gemälde passt nicht hierher. Alle anderen Gemälde sind Porträts von Königen und Königinnen. Doch dieses eine Gemälde hebt sich von allen anderen ab. Es ist das Gemälde von Robert Campell of Glenlyon. Er war nie ein König, weder von Schottland noch von England. Campell war ein schottischer Verräter, der im Auftrag von William III. von Oranien, den McDonald-Clan niedermetzelte. Wenn McGregor etwas verbergen wollte, dann hinter dem Gemälde, wo es niemand vermuten würde."

„Na dann. Worauf warten wir noch!", Sagte Henry und trat direkt vor das Gemälde hin. Er griff an den Rahmen und zog etwas daran, doch der bewegte sich nicht. Aber etwas anderes bewegte sich. Die zwei Lanzen der Ritterrüstungen, die links und rechts des übergroßen Gemäldes standen und die Henry beinahe in Scheiben geschnitten hätten. Dicht neben ihm sausten sie herunter und schlugen klirrend auf den Marmorboden. Henry war kalkweiß im Gesicht und die Freunde starrten ihn entsetzt an, unfähig, sich zu bewegen.
„Oh Gott, das war knapp!", Stellte Henry zitternd fest.

„Es muss einen anderen Mechanismus dafür geben!", Überlegte Charly laut, nachdem sie sich wieder gefangen hatten.
„Glaubt mir. So einfach, wie ihr es euch vorstellt, ist es nicht. Die waren früher nicht dumm!", Fügte er noch hinzu. Grübelnd schritt Charly den Raum ab und prüfte jede Ecke. Aber es musste einen Mechanismus in der Nähe des riesigen Gemäldes geben.
Zuletzt sah er sich auf dem Boden um. Die Marmorplatten waren alle unterschiedlich groß, doch dazwischen befand sich eine, die kaum größer war als eine Briefmarke. Charly lächelte wissend und ging dann zur Buchablage und griff sich einen Stab, mit dem man früher die Buchseiten umgeblättert hatte. Damit kehrte er zu der Marmorplatte zurück.
Seine Freunde beobachteten stumm, was er da anstellte. Sie konnten sich noch keinen Reim darauf machen, wussten aber, dass er wohl eine zündende Idee gehabt hatte. Gespannt folgten sie jeder seiner Bewegungen.

Mit dem dünnen Stab ging Charly zu der kleinen Marmorplatte zurück, drückte ihn dort auf und bemerkte erfreut, dass er recht gehabt hatte. Die Marmorplatte gab nach und senkte sich in den Boden, die Lanzen hoben sich wieder in ihre senkrechte Position und das Gemälde von Robert Campbell glitt seitlich, wie eine Schiebetür auf. Die Freunde standen um Charly herum und beobachteten das Öffnen der Gemäldetür mit offenen Mündern.

Vorsichtig ging Charly auf die Tür zu und zückte die Taschenlampe. „Passt auf, dass ihr den Stab stecken lasst!", Ruft er den Anderen zu und macht dann den ersten Schritt in die Dunkelheit. Doch kaum hat er die Schwelle überschritten, erleuchten erneut Fackeln den Raum dahinter und zeigen eine Wendeltreppe, die nach unten führt. Charly schaltete die Taschenlampe aus und steckte sie in die Jacke zurück.
„Ok, hier geht eine Wendeltreppe nach unten, los folgt mir!"
Dann betrat er als Erster die Treppe und die Anderen folgten gespannt.

Unten angekommen befanden sie sich in einer Art Labor oder auch Bibliothek, das war schwer zu sagen. Dicht gedrängt befanden sich verschiedene Gläser und Flaschen, aber auch alte, staubige Bücher auf verschiedenen Holzregalen und auf einem hölzernen Arbeitstisch. Die Fackeln beleuchteten den Raum mit flackerndem Licht und in dem gespenstischen Flackern sahen sie ein Skelett, das an dem alten, wurmstichigen Schreibtisch saß. Es trug nur noch wenige Stofffetzen am Körper, sodass man nicht sagen konnte, wie die Kleidung einmal ausgesehen hatte. Rebecca quiekte entsetzt auf und schlug die Hände vor den Mund. Die Jungs waren zwar auch erschrocken, hatten sich aber schneller wieder im Griff.

„Wow. Ist das ein echtes Skelett?", Fragte Peter und ging auf den Schreibtisch zu. Er fasste vorsichtig an den Arm des Skelettes, um zu prüfen, ob es sich um Plastik handelte. Mit dem erhobenen Arm des Skelettes winkte er den anderen zu. Dabei fiel die knöcherne Hand ab.
„Ups, Verzeihung", entschuldigte er sich bei dem Skelett und ließ den Arm wieder fallen. Scheppernd klackerten die Gebeine auf den

Schreibtisch zurück. „Das ist richtig cool!", Stellte Charly fest.
„Das ist ein alter Forschungsraum oder ein Labor. Wer weiß, welch seltsamen Experimente der Mann hier durchgeführt hat. Vielleicht war er sogar ein Alchemist?"

„Und wer ist der Typ, der hier so fleischlos herumsitzt?", Fragte Henry. „Könnte es dieser Parsons sein, von dem du erzählt hattest?" Charly legte den Kopf etwas schräg und dachte nur kurz über die Frage nach. „Unwahrscheinlich! Parsons hat zwar einen Sommer lang hier gewohnt, ist aber am 11. Februar 1931 an Bord eines Schiffes namens DUCHESS OF RICHMOND verstorben. Irgendwo in der Nähe von Jamaika."

„Wenn es Parsons nicht ist, wer ist es dann?", Fragte Susan. Peter und Charly sahen sich die Leiche etwas genauer an.
„Die Beine und der Schädel sind irgendwie deformiert. Und der Unterkiefer ist schief, als wäre das innere Unterkiefergelenk herausgesprungen. Könnte es sich um das Monster handeln, wovon McDuggen gesprochen hatte?", Fragte Charly.
„Durchaus möglich. Aber Monster sind keine Forscher und dieser Mann war eindeutig ein Forscher. Und sein Skelett sieht ziemlich menschlich aus", gab Peter zu bedenken.

Während die Mädchen und Miro sich vorsichtig zurückhielten und Peter und Charly das Skelett genauer untersuchten, war Henry im Raum herumgegangen und hatte sich genauer umgesehen.
„He, seht mal her, ich habe hier eine Falltür gefunden!", Rief er plötzlich aus der hinteren Ecke des Raumes.
Er musste sich gewaltig anstrengen, um die schwere Tür anzuheben, doch er schaffte es. Dort unten brannten keine Fackeln und so leuchtete er mit der Taschenlampe nach unten.

„Es geht ziemlich tief runter, ich kann gar nichts erkennen", sagte er dann enttäuscht.

„Aber das haben wir gleich!"
Bevor die Anderen ihn noch davon abhalten konnten, kletterte er auch schon vorsichtig die steilen Stufen unterhalb der Falltür in die schwarze Dunkelheit hinab.

„Warte, Henry!", Rief Charly ihm kopfschüttelnd hinterher. „Er ist doch sonst nicht so mutig!", Sagte auch Peter und konnte es nicht fassen, dass ausgerechnet Henry die Abenteuerlust gepackt hat. Seufzend stellen sich die Anderen an den Rand der Falltür und klettern dann langsam einer nach dem anderen hinunter.

Unten angekommen waren sie ziemlich enttäuscht. Es gab nichts zu sehen außer einem Brunnengemäuer, jedoch ohne jegliche Vorrichtung, um Wasser aus dem Brunnen hochzuholen.
„Das ist ja seltsam!", Wunderte sich Charly und leuchtet mit der Taschenlampe in alle Richtungen. Aber der Raum ist eng und gemauert und es befindet sich nichts darin außer dem Brunnen. Rebecca gähnte, plötzlich auch Susan, dann Miro.

„Was ist denn mit Euch los?", Fragte Henry. Doch kaum hatte er die Frage ausgesprochen, gähnte auch er sehr herzhaft. „
Wie spät ist es denn?", Fragte Peter.
„Ich bin plötzlich auch so müde …" Vornehm hielt er sich die Hand vor den Mund, als er ebenfalls ausgiebig gähnte.
„Hier stimmt etwas nicht!", Sagte Charly. „Ich glaube, wir sollten schleunigst wieder nach oben klettern! Denkt nur an die Gräber der Pharaonen. Die sind auch mit irgendwelchen Flüchen belastet, die Eindringlinge töten. Der Mann dort oben war sicherlich ein Alchemist und hat womöglich irgendwelche Chemikalien hier unten verstreut …", dann begann auch er herzhaft zu gähnen und konnte kaum noch die Augen offenhalten.

Ein Kind nach dem anderen setzte sich langsam mit dem Rücken zum Brunnen hin.

„Lass uns nur kurz ausruhen, dann können wir wieder nach oben klettern und uns einen Schlafplatz suchen", sagte Susan. Wenige Sekunden später war sie auch schon eingeschlafen.

„Ihr dürft nicht einschlafen!", Rief Charly und hätte noch weiter gesprochen, wenn er nicht schlagartig wieder hätte gähnen müssen.

Was war hier nur los? Dann schlug plötzlich die Falltür über ihnen mit einem lauten Schlag zu und sie saßen in der Falle. Es würde schwer werden, sie auf der schmierigen, dreckigen und steilen Treppe stehend wieder nach oben zu wuchten. Doch dann konnte auch Charly seine Gedanken nicht mehr kontrollieren, da die Müdigkeit überhandnahm. Er tat es den anderen nach und setzte sich wie unter einem geheimen Zwang neben Susan mit dem Rücken an den Brunnen und schlief ebenfalls ein.

Wenige Minuten später waren alle Kinder in einen tiefen Schlaf gefallen und bemerkten nicht das sonderbare Licht, das plötzlich den ganzen Raum überflutete. Ein greller roter Lichtstrahl schoss aus dem Brunnen und griff sich Miro. Er wurde hochgehoben und in den Brunnen gesaugt. Danach schoss der Strahl noch weitere fünfmal aus dem Brunnen und holte sich jedes der Kinder. Danach verlosch es, als wäre es nie da gewesen und der Raum versank wieder in Dunkelheit und Stille. Nichts war mehr zu hören oder zu sehen und von den Kindern und ihren Rucksäcken.

URGEWALTEN

Die weite grüne Landschaft erstreckte sich samt den hohen wogen-
den Gräsern und riesigen Bäumen bis weit an den Horizont. Der
Himmel war blau und klar. Ein leichter Dunstschleier lag über dem
Gras, in dem die vier Kinder noch ganz benommen lagen und sich
die Augen rieben, um langsam aufzuwachen. Zwischen ihnen lagen die Rucksäcke durcheinander gewürfelt als hätte jemand sie aus
großer Höhe einfach fallen lassen. Es war still bis auf das Summen
von Insekten und dem Gähnen der Kinder.

Nur langsam rappelten sich die Freunde auf und blickten sich vorsichtig um. Erleichtert stellten sie fest, dass keiner von ihnen fehlte
– und auch die Rucksäcke schienen unversehrt zu sein. „Wo sind
wir denn hier?", Fragte Rebecca erstaunt und griff sich ihren Rucksack.. Dann stand sie auf. Die Landschaft war wunderschön und in-
spirierte sie zu einem Gemälde. Es war so friedlich und die Farben
waren so klar und ausdrucksstark. Allerdings schien irgendetwas
nicht zu stimmen. Sie konnte nur noch nicht sagen, was es war. Die
Anderen schnappten sich ebenfalls ihre Rucksäcke, schulterten sie
und standen auf.

„Das sieht aber gar nicht nach Schottland aus!", stellte Peter fest.
„Die Gräser und die Bäume passen doch gar nicht hierher." Die anderen nickten. „Na, das ist wohl nicht das Einzige, was nicht nach
Schottland aussieht", sagte Henry trocken und zeigte mit dem Finger in die Richtung, in der die Sonne hoch am Himmel stand. Ge-
blendet schirmten die anderen die Augen ab und versuchten, dasselbe zu entdecken, was Henry gesehen hatte. „Tatsächlich!", rief
Charly und war nicht nur erstaunt, sondern auch beunruhigt. „Das
ist ja ein Vulkan! Und er raucht!" Fassungslos starrten die Kinder in

die Richtung des Vulkans.

„Wo sind wir denn hier, wenn nicht in Schottland und wie sind wir hierher gekommen?", fragte Susan eine Spur zu schrill und zu schnell. „Ich habe keine Ahnung", sagte Charly tonlos. „Aber ich erinnere mich, dass wir alle zuletzt in Glamis Castle neben dem Brunnen müde geworden sind und ich dachte, ich hätte es nur geträumt, aber ich glaube, wir sind alle irgendwie eingesaugt worden. Und hier irgendwie wieder ausgespuckt", ergänzte er nach einer kurzen Pause.

„Und wie soll das gehen, Du Genie?", Spottete Henry. „Es gibt keine Brunnen, die einen einsaugen und dann woanders wieder ausspucken!" Charly funkelte Henry wütend an.
„Ich weiß selbst, dass es so etwas nicht geben dürfte. Aber wie dir ja vielleicht nicht entgangen ist, stehen wir trotzdem auf einer Wiese in einer unbekannten Landschaft herum und nicht mehr bei dem Brunnen unter der Falltür. Oder träume ich etwa?"

„He, das hilft uns doch jetzt auch nichts", mischte sich Rebecca ein. „Beruhigt euch wieder! Ich habe keine Ahnung, wie wir hierher gekommen sind und wo wir sind. Und ihr könnt mir glauben, dass ich mir vor Angst fast in die Hose mache. Aber wir können doch nicht hier stehen bleiben und uns streiten. Wir müssen herausfinden, wo wir sind und wie wir zurückkommen!"

„Rebecca hat recht, Leute! Lasst uns dort auf den kleinen Hügel gehen, vielleicht können wir von da aus etwas sehen, wodurch wir uns besser orientieren können." Kaum hatte Peter ausgesprochen, machte er sich auch bereits auf den Weg und stapfte durch das hohe, taufrische Gras den Hügel nach oben. Die Anderen folgten ihm hastig. Keiner wollte alleine in der unbekannten Umgebung zurückbleiben. Peter, der ein paar Schritte Vorsprung hatte, blieb so abrupt stehen, dass Henry beinahe mit voller Wucht in ihn hineingerannt wäre. „He, spinnst du? Du kannst doch nicht…", fuhr Henry ihn an, doch er kam nicht dazu, den Satz zu beenden. Wie angewurzelt blieb er neben Peter stehen und starrte mit geweiteten Augen auf die Ebene, die sich unterhalb des Hügels befand.

„Was habt ihr denn?", Fragte Susan und befürchtete schon das Schlimmste. Auch Rebeccas Herz schlug schneller, als sie die erschrockenen Gesichter der Jungs sah. Schnell holten sie auf und stellten sich neben die Beiden.

Miro war der Kleinste der Freunde und kam als Letzter auf dem Hügel an. Als er sich neben seine Schwester gestellt hatte, blieb auch ihm der Mund offen stehen. Er wusste nicht, ob er sich freuen oder fürchten sollte.
„Oh, mein Gott!", Entfuhr es dem Saurierfan. „Das sind Stegosaurier! Die werden bis zu neun Meter lang und kamen hauptsächlich in Amerika vor. Sie wanderten immer in Herden herum und mischten sich auch unter andere Pflanzenfresser."

„Und wie kommen die nach Schottland?", Fragte Rebecca mit leiser Stimme. „Ich befürchte, dass sie nicht nach Schottland gekommen sind, sondern wir zu ihnen – in die Vergangenheit", stellte Charly fest und bekam eine Gänsehaut. Entsetzt starrten sich die Freunde an. Sie hatten noch nie im Leben einen solchen Schreck bekommen. Susan begann zu weinen und auch Rebeccas Unterkiefer wackelte verdächtig.

Nur Miro schien so begeistert zu sein, dass er sich im Moment keine großen Sorgen darüber machte, wie er hierher gekommen war. „Seht ihr den dort, der aussieht wie ein Nagelbett?", Fragte er laut und zeigte nach links.
„Das sind Edmontonia aus der Gattung der Ankysaurier. Der lebte in der Kreidezeit und hatte diese kräftigen Stacheln an der Seite, um seine Feinde abzuwehren. Er war auch ein Pflanzenfresser und

wurde sogar bis zu 3,5 Tonnen schwer." Beinahe fröhlich plapperte Miro sein angelerntes Wissen herunter.

„Und dort", er zeigte aufgeregt nach rechts, wo unter einer Baumgruppe sechs Tiere friedlich weideten, „das sind Brontosaurier. Die habt ihr doch sicher schon in dem Film „Jurassic Park" gesehen? Langer Hals, langer Schwanz, kleiner Kopf. Die wurden bis zu siebenundzwanzig Meter lang und haben ihre langen Schwänze zur Abwehr ihrer Feinde eingesetzt. Wie eine Peitsche." Miro ahmte eine knallende Peitsche nach und machte das seiner Ansicht nach passende Geräusch dazu. Dann kramte er seine kleine Videokamera aus dem Rucksack und rutschte auf dem Hintern den Hügel ein Stück weit hinunter, um einige Aufnahmen zu machen.
„Das glaubt mir keiner!", Jubelte er.

Rebeccas Herz schlug immer noch bis zum Hals und sie bekam Angst, als sie ihren Bruder den Hügel hinunterrutschen sah.
„Miro. Komm sofort zurück! Die könnten uns entdecken und uns fressen!" Ihre Stimme überschlug sich vor Panik und wurde ganz piepsig. Auch den Anderen wurde noch unheimlicher zumute. Susan weinte immer noch vor sich hin. Sie war mit der Situation völlig überfordert. Den Jungs erging es nicht anders, aber sie konnten nichts tun, außer vor Angst starr stehen zu bleiben.

Miro setzte sich ein wenig in Pose und beugte sich vor, um die Brontosaurier besser einfangen zu können, dabei verlor er das Gleichgewicht und rollte wie eine Kugel den Hügel hinunter. Rebeccas Herz setzte einen Schlag aus. Sie rutschte ohne nachzudenken den Hügel ebenfalls hinab, um ihrem Bruder beizustehen.

„Nicht!", Schrie Charly und versuchte, Rebecca aufzuhalten, dabei stolperte er und Peter griff geistesgegenwärtig nach Charlys Hemd, um ihm davon abzuhalten, mit der Nase voran den Hügel hinunterzustürzen. Doch als die Freunde sahen, dass Rebecca und Miro am

Fuß des Hügels dicht neben den Brontosauriern angekommen waren, blieben sie bewegungslos und ruhig stehen, um die Tiere nicht aufzuschrecken. Doch an ihren erschrocken aufgerissenen Augen und dem Angstschweiß auf der Stirn konnte man sehen, dass sie am liebsten weggerannt wären.

Die Brontosaurier schauten erstaunt auf die beiden Kinder, die so plötzlich und schwungvoll auf sie zu gepurzelt waren. Die Kinder kamen ihnen nicht gefährlich genug vor, um sie anzugreifen. Dennoch gerieten sie in Bewegung und kamen vorsichtig auf die Neuankömmlinge zu.
„Schei...benkleister!", Flüsterte Miro.
„Komm ihnen nicht zu nahe, die können dich mit einem Schwanzhieb in der Mitte zerteilen!" Rebecca schluckte trocken und hätte sich am liebsten unsichtbar gemacht. Doch zum Glück machten die Brontosaurier keine Anstalten, den Kindern etwas zu tun. Bis plötzlich ein lautes Brüllen einsetzte, das den Kindern durch Mark und Bein fuhr. Ein gigantischer Dinosaurier rannte auf die Ebene und war eindeutig auf der Jagd.

„Das ist ein Fleischfresser!", Zischte Miro seiner Schwester zu. „Ein Suminia aus der Gattung der Therapsiden. Er hat unheimlich scharfe Zähne und...", Er konnte den Satz nicht beenden, weil Rebecca ihn sofort unterbrach.
„Das ist mir egal. Los, wir hauen ab!" Sie zog ihren Bruder hoch und sie versuchten, den Hügel hinaufzuklettern, in der Hoffnung, dass der gefährliche Dinosaurier sich zunächst einen der schmackhaften anderen Saurier greifen würde, bevor er Jagd auf eine so kleine und dünne Beute machte.

Weil das Gras feucht war und die Kinder in Panik, schafften sie es nicht, den Hügel hinaufzukommen. „Wir können uns auch hier nirgends verstecken", kreischte Susan und schaute sich um. „Und auf die Bäume kommen wir auch nicht rauf!" Henry war kalkweiß im

Gesicht. „Und wenn schon. Der Saurier ist doch so groß, dass er uns von dort abpflücken kann, wie einen Apfel."
Susan schluchzte.

„Lauft. Lauft!", Schrie Miro seinen Freunden zu, als er weinend und dreckverschmiert versuchte, den Hügel hinauf zu krabbeln. Der große Saurier hatte sich mittlerweile ein erstes Opfer gerissen und schmatzte kauend, während die Hälfte des angebissenen Leibes des armen Pflanzenfressers aus seinem Mund auf die Erde fiel. Die Saurierherden stoben in verschiedene Richtungen davon und wirbelten kleine Grasbüschel auf. Das Getrampel und der Lärm den die Tiere machten, war einfach unbeschreiblich. Er übertönte das Weinen und Schreien der Kinder.

„Ich habe eine Idee!", Schrie Charly. „Folgt mir!"
Hastig rutschte er den Hügel hinunter.
„Spinnst Du?", Schrie Henry. „Bleib hier!"

Charly rutschte weiter hinab.
„Wir müssen dort drüben hinter den Bäumen in den Fluss. Die Dinosaurier jagen doch bestimmt lieber auf der Ebene als im Wasser, oder nicht?"
„Woher soll ich denn das wissen?", Schrie Henry zurück.
„Nun komm schon und beeile Dich. Auf die Bäume können wir nicht und zurück nach Glamis Castle können wir auch nicht!"

In Windeseile rutschten die Kinder hinter Charly her und stoben in Richtung Bäume und Fluss. Sie konnten nur beten, dass Charly recht hatte.

Die Tiere rannten in Panik, herdenweise in verschiedene Richtungen, aber in den Fluss wollte zum Glück keines von ihnen. Die Situation war gefährlich genug für die Kinder, denn es wäre reiner Zufall, wenn sie nicht von den verängstigten Tieren zu Tode getrampelt werden würden. Schließlich erreichten sie total nass geschwitzt und völlig außer Atem das Ufer. Doch das war noch kein Grund, um auszuruhen.

„Los, rein ins Wasser!", Rief Charly und machte den ersten Schritt.
„Warte!", Brüllte Peter. „Dort hinten bei den Bäumen liegt ein Floß!"
Charly drehte sich erstaunt in die Richtung um, in die Peter mit dem Zeigefinger deutete.
„Wie kommt denn ein Floß hierher?", Brüllte er zurück.
„Ist doch egal!", Schrie Henry dazwischen. „Lasst es uns sofort losmachen und dann nichts wie weg hier."

Eilig stolperten die Kinder auf das Floß zu, während jetzt einige Dinosaurier doch auf das Ufer zu rennen.
„Oh, nein!", Schrie Rebecca und zog Miro hinter sich her. Sie waren die Letzten, die dort ankamen, denn sie waren noch außer Atem von dem Versuch, den Hügel wieder zu erklimmen. Als Miro einen Blick zurückwarf, wurde er fast ohnmächtig.
„Ein T-Rex!", Schrie er wie am Spieß und spornte damit seine Freunde zu Höchstleistungen an.

Mit klopfenden Herzen lösten sie die Taue des Floßes und schoben es gemeinsam an. Dann kletterten sie hinauf und griffen die Stange, die auf dem Floß lag, um sich weiter in die Mitte des Flusses abzustoßen.
Der T-Rex stieß einen lauten, wütenden Schrei aus. Er hatte wohl noch keine Beute gemacht und war extrem aggressiv.
„Meinst Du, er könnte hinter uns her schwimmen?", Fragte Henry besorgt?
„Schon möglich!", Flüsterte Miro voller Panik.
„Wobei er so groß ist, dass er nicht schwimmen muss. Er kann einfach ins Wasser laufen und uns alle fressen."
Susan hörte Miro und begann hysterisch zu weinen.
„Sei still, du lockst den T-Rex ja noch an, wenn du solche Töne von

dir gibst!", Versuchte Charly sie zu beruhigen.

Obwohl er selbst alles andere als ruhig war. Er stellte sich neben sie und nahm sie fest in den Arm. Ihr Schluchzen wurde durch seine Jacke gedämpft und seine Umarmung beruhigte sie tatsächlich ein wenig.

„In was für einen Mist sind wir hier nur hineingeraten?", Fragte Henry wütend.

„Ich tippe darauf, dass wir eine Zeitreise gemacht haben!", Erklärte Charly, während er weiterhin Susan festhielt, um zu verhindern, dass sie hysterisch weiter weinte.

Rebecca klammerte sich an Miro fest und Henry und Peter bewegten das Floß mithilfe der Stange vom Ufer weg. Beide keuchten vor Anstrengung. Als sie die Mitte des Flusses erreicht hatten, übernahm die Strömung einen Großteil der Arbeit und trieb das Floß mit zunehmender Geschwindigkeit vor sich her.

„Zeitreisen?", Fragte Henry. „Und wie soll das funktionieren?" Charly zuckte die Schultern. „Das müsste uns schon unser Physikgenie hier erklären", meinte er und nickte mit dem Kopf in Richtung Peter.

„Es gibt bisher nur Theorien, aber noch keine gültigen Erklärungen oder tatsächliche Beschreibungen von Zeitreisen", sagte Peter. „Ich habe keine Ahnung, wie wir hierher gekommen sind."

Je weiter sie sich mit dem Floß von den Sauriern entfernten, desto ruhiger wurden die Kinder, was aber nicht bedeutete, dass sie keine Angst mehr hatten. Allerdings konnten sie sich jetzt das Floß ein wenig genauer ansehen. Es hatte sogar ein Steuer, wie ein Schiff und es waren einige Kisten darauf, die wohl als Sitzgelegenheit gedacht waren. Abgesichert waren sie ringsum durch eine Art Holzreling.

„Lass mich ans Steuer", sagte Rebecca und versuchte, sich zusammenzureißen. Sie hatte Erfahrung mit Segelbooten und daher die besten Chancen, das Floß sicher durch die Strömung zu manövrieren. Bereitwillig überließen die Jungs ihr das Steuer. Sie legten den Stab auf dem Holzboden ab und setzten sich auf die Kisten. Susan, die sich inzwischen beruhigt hatte, setzte sich ebenfalls dazu, hielt sich aber an Charly fest, als wäre er ihre Garantie dafür, dieses Abenteuer zu überleben.

„Wieso sind wir ausgerechnet in der Dinosaurierzeit gelandet?", rief Rebecca vom Steuer aus ihren Freunden zu. „Keine Ahnung", sagte Peter. Auch Henry zuckte mit den Schultern. „Ich hätte zumindest eine Theorie anzubieten", sagte Charly nachdenklich. Entweder hat Miro zufällig und unwissentlich die Reise oder das Ziel ausgelöst, durch einen Mechanismus, den wir nicht kennen. Oder aber der Erfinder der Zeitmaschine hat Glamis Castle mit der Kreidezeit verknüpft und war öfter hier. Immerhin hat er ja auch ein funktionsfähiges Floß hinterlassen …"

Als Physik-Profi schaltete sich nun Peter ein.
„Stellt Euch mal vor, was es bedeuten würde, wenn man einfach so in die Vergangenheit und zurückreisen könnte. Man könnte doch vergangene Ereignisse verändern und manipulieren. Denkt nur an den Film „Zurück in die Zukunft". Und wenn man dabei nicht aufpasst, verhindert man am Ende noch seine eigene Geburt … Nicht auszudenken. Am besten sollten wir auf dem schnellsten Weg zurück und den Brunnen zerstören!"

„Guter Plan, aber zuerst müssen wir einen Weg finden, wie wir wieder zurückkommen. Dann können wir in Ruhe darüber nachdenken, ob wir den Brunnen zerstören oder nicht. Lass uns mal schauen, was in den Kisten ist. Vielleicht finden wir etwas, was uns weiterhilft."

Charly scheuchte seine Freunde von den Holzkisten und gemeinsam öffneten sie die erste Kiste. Die Kiste enthielt einen Stoffbeutel, in dem sie beim vorsichtigen Öffnen einige Lebensmittel fanden.

Nicht alle waren noch genießbar, doch es befanden sich auch Konserven darunter und ein einfacher Dosenöffner. Ein Gegenstand erregte Charlys Aufmerksamkeit ganz besonders. Er zog ein kleines, faustgroßes Metallkästchen aus der Kiste und hielt es hoch. Vorsichtig öffnete er es und heraus kam eine Miniaturausgabe des Brunnens von Glamis Castle.

„Merkwürdig. Es sieht aus, wie der Brunnen, der uns aufgesaugt hat. Peter, könnte dies eine Art Transportschlüssel sein, mit dem wir schneller weiterreisen könnten, als mit diesem Floß?"
„Durchaus möglich. Bin mir aber nicht sicher", erwiderte Peter unschlüssig und roch an einem der Äpfel, die sich in der Stofftasche befunden hatten. Er schien sogar noch genießbar zu sein, was ihn ziemlich verwunderte. Aber wer wusste schon, wann der geheimnisvolle Zeitreisende, dem das Floß gehörte, zuletzt hier gewesen war? Genussvoll biss er in den Apfel und aß ihn schmatzend auf.

„Wie kannst Du jetzt bloß ans Essen denken?", Fragte Charly kopfschüttelnd und entnahm dem Kästchen ein Stück Papier, das jedoch leer war. Er steckte es in seine Tasche und beugte sich über die Kiste. Dann holte er eine getrocknete, gepresste Rose heraus, um deren Stil eine Papierrolle gewickelt war. Vorsichtig löste er es vom Stil, entfaltete es und las laut vor, was darauf stand:

MEINE ERINNERUNGEN ZEHREN SICH NACH EUCH,
MEIN GELIEBTER!
ICH ZÄHLE DIE TAGE, BIS WIR UNS WIEDER SEHEN.
BIS DAHIN VERBLEIBE ICH MIT TAUSEND KÜSSEN IN
EUREM HERZEN.

EURE VICTORIA LARISSA GABRIELA MENDOZA

„Seltsam! Dann müsste doch auf dem anderen Papier auch eine Botschaft stehen, oder?", Überlegte Charly und holte das Papier wieder aus der Tasche. Doch er konnte nichts entdecken. Da spritzte die Gischt der Strömung auf das Floß und der Zettel wurde feucht. Und prompt offenbarte der Zettel seine Geheimschrift:

DREH DEN SILBERRING,
EINE VIERTELDREHUNG UND ES WIRD AKTIVIERT.
UM ES ZU DEAKTIVIEREN
SCHLIESSE DEN SILBERRING WIEDER.

Dann verschwand die Schrift sofort wieder und beim nächsten Wasserschwall, der auf die Kinder schwappte, ließ Charly das Papier fallen, sodass er vom Wasser weggespült wurde.
„Die Strömung wird schneller und am Himmel braut sich ein Gewitter zusammen. Seht nur mal hoch!", Rief Rebecca ihren Freunden warnend zu.

„Das ist kein Gewitter", sagte Peter, als er die rötliche Färbung des Himmels betrachtete.
„Was ist es dann?", Fragte Henry.
„Kann ich noch nicht sagen!", Murmelte Peter konzentriert und betrachtete den Himmel genauer.
„Da hinten ist etwas vom Himmel gefallen!", Rief Susan und deutete in die Richtung, in der sie das seltsame Ereignis gesehen hatte. Alle starrten dorthin und sahen es wieder staunend. Doch sie konnten sich nicht erklären, was das wohl gewesen war.

„Ich glaube wir haben noch ein Problem. Da vorne kommt ein Wasserfall auf uns zu!", Brüllte Rebecca gegen das immer lauter werdende Tosen des Wassers an. Jetzt brachen die Kinder endgültig in offene Panik aus.

„Jetzt weiß ich, was da vom Himmel fällt! Das sind Meteoriten!

Wisst ihr nicht mehr, wie die Dinosaurier ausgestorben sind?",
Schrie Peter panikartig.

„Hilfe!", Kreischte Susan, obwohl es niemanden gab, der ihr hätte
beistehen können.
„Wie sollen wir denn jetzt hier wegkommen? Ich will noch nicht
sterben!"
Die Anderen waren genauso geschockt und schrien alle durcheinander.
„Ich habe eine Idee. Haltet Euch alle an den Händen!", Brüllte Charly, und versuchte das laute Pfeifen zu übertönen, das die Meteoriten
erzeugten, als sie auf die Erde zurasten und dann auf der Ebene
einschlugen.

Das trockene Gras wurde in Brand gesetzt, die Wucht des Aufpral-
les war so stark, das die Erde bebte. Rund um die Kinder brach das
Chaos aus, Dinosaurier die vor der Flammenwand die auf sie zuras-
te, die Flucht ergriffen, das Quicken und Kreischen jener die hilflos
umkamen oder von den kleineren Meteoritenstücke getroffen wurden. Die Herzen der Kinder pochten vor Angst und Panik überkam
sie.

So schnell er konnte, griff Charly die silberne Brunnennachbildung,
die er in der Kiste gefunden hatte und drehte den Silberring, der am
unteren Ende als Verzierung getarnt war.
„Beeile dich Charly!", Schrie Rebecca und ließ das Ruder los, um
sich an Henry zu klammern.
Führungslos schoss das Floß durch die Strömung, während überall Kometen aufschlugen, brennende Pterandons zu Boden stürz-
ten und die Dinosaurier laute Todesschreie ausstießen. Es regnete
Asche vom Himmel und Staub und Dreck und Wasser hüllten die
Kinder ein. Dabei kamen sie dem Wasserfall immer näher, das Tosen der Wassermassen wurde immer lauter.
„Was ist nun Charly? Funktioniert es?" Schrie Peter in Todesangst.

„Ich weiß es nicht. Ich habe nur die Anweisung, die auf dem Papier stand, ausgeführt!", Schrie Charly zurück.

Er konnte nur noch beten, dass sich gleich noch etwas tun würde. Er war doch noch zu jung, um zu sterben! Und dann rammte das Floß bereits mit voller Wucht gegen einen Felsvorsprung, der aus dem Wasser aufragte, blieb hängen und wurde von den tosenden Wellen überspült. Die Kinder schrien in Todesangst laut auf und klammerten sich weinend aneinander.

In dieser Sekunde erhellte ein kleiner roter Lichtstrahl die Luft, der immer größer wurde, sich zu einer Art gigantischer Luftblase formte und die Kinder sicher umschloss. Nur eine Sekunde später wurde das Floß von der Strömung von dem Felsvorsprung losgerissen und stürzte samt den schreienden Kindern in die Tiefe.

DER FLUCH DER SUSSEX

Der Wind stand gut, die Luftkompressoren waren erfolgreich getestet. Einer Bergung stand nun nichts mehr im Wege. Die Mannschaft hatte sich im Kommunikationsraum der AGUILA versammelt und wartete ungeduldig auf Fernando Octavez und Dr. Newhouse zur gemeinsamen Auswertung der Videodaten. Noch etwas vom Unterwasserdruck benommen, kamen die beiden die Reling entlang und wurden von der Mannschaft beglückwünscht. Der Kapitän ging den Männern entgegen und beglückwünschte sie zu ihrer erfolgreichen Mission.

„Los, Männer, kommt rein und setzt euch, dann können wir anfangen", bestimmte der Kapitän und scheuchte einen jüngeren Matrosen zur Seite, der verträumt in die Gegend schaute und den Weg blockierte.

Gespannt schaute die Mannschaft auf den flackernden Bildschirm, auf dem man die Konturen des Wracks sehen konnte.

„Kann man das Bild besser machen oder den Ausschnitt vergrößern?", Fragte Dr. Newhouse den Bearbeiter der Videodaten, Michael. Dieser nickte knapp und zoomte das Bild heran. Kurz darauf wurde es schärfer und deutlicher.

„Sehen Sie mal über die ersten Kanonenluken", rief Dr. Newhouse aufgeregt.

„Das dort könnten Buchstaben sein. Sieht aus wie ein halber Bogen und darunter ein Quadrat. Mehr kann ich nicht erkennen, da sind zu viele Algen drauf."

Frustriert strengte Dr. Newhouse seine Augen an, aber er konnte beim besten Willen nicht genau erkennen, ob unter diesen Algen ein Name zu lesen war. Michael versuchte die Einstellung weiter zu verbessern, aber die dunkle Algenschicht verhinderte ein besseres Bild. Giuseppe traf schnell eine Entscheidung.

„Ray, wir kommen so nicht weiter. Du tauchst da runter, machst den Dreck weg und Julio, du filmst die Stelle mit der Handkamera. Erst wenn wir sicher sind, dass das hier wirklich die Sussex ist, werden wir sie bergen."

Ray und Julio nickten und standen kommentarlos auf, um ihre Taucheranzüge anzuziehen. Sie waren selbst sehr gespannt, ob sich die ganze Arbeit bisher gelohnt hatte. Es musste einfach die Sussex sein, die da unten lag!

Kurze Zeit später standen die beiden Männer in ihren Taucheranzügen an Deck und Fernando reichte jedem eine Sauerstoffflasche. „Ich habe den Sauerstoffgehalt überprüft. Er reicht für etwa eine Stunde. Also trödelt da unten nicht rum", erklärte er bei der Übergabe. Dann half er Ray und Julio noch, die Flaschen anzulegen und Michael brachte noch die Handkamera und drückte sie Julio in die linke Hand.

„Ich habe euch den Lichtstrahler zu Wasser gelassen. Da unten ist es ziemlich dunkel!", Signalisierte Giuseppe den Tauchern, dann sprangen sie bereits nebeneinander ins Meer hinein. Ray schnappte sich den Lichtstrahler und taucht vorne weg. Der Lichtstrahler hat ein eigenes Antriebssystem und wird durch einen kleinen, geschützten Propeller angetrieben. Die Beine der Taucher gingen nach oben und die Körper nach unten. Anfangs konnten die Männer an Deck noch ihre Umrisse erkennen, doch mit jedem Meter, den sie tiefer tauchten, verschwanden die Konturen, bis nichts mehr zu sehen war.

Unten angekommen, legte Ray den Suchstrahler auf dem Meeresgrund ab und richtete ihn auf das Wrack aus. Dann schwamm er mit Julio zu der Stelle, die er von den Algen befreien sollte. Als er die Stelle gefunden hatte, versuchte er mit den Handschuhen die

Algen zu entfernen, doch erst als er mit dem kleinen Gummiham-mer aus der Unterwasserwerkzeugtasche gegen das Namensschild schlug, löste sich etwas Algenstein und er konnte etwas erkennen. In der Mitte des Schildes standen zwei „S" – wie in Sussex! Hektisch machte er Julio ein Zeichen, der sofort näherkam und die Kamera darauf richtete. Doch während er filmte, sah er plötzlich das riesige Maul eines Hammerhais hinter dem Wrack auftauchen. Der Hai be-wegte sich langsam durchs Wasser, auf der Suche nach Beute. Ray bemerkte den Schatten über sich und wendete langsam den Kopf. Beide Männer versuchten, sich nicht zu bewegen, um den Hai nicht auf sich aufmerksam zu machen. Vorsichtig gab Julio Ray ein Zei-chen, aufzutauchen.

Im Zeitlupentempo glitten die Taucher ein Stück nach oben, als der Hai an ihnen vorbei geschwommen war. Doch sie hatten sich zu früh gefreut, denn der Hai wendete und näherte sich mit aufgeris-senem Maul den Tauchern. Doch er schwamm an den Tauchern vorbei, als wären sie ein Teil des Wracks und nicht eine leckere Zwi-schenmahlzeit. Erneut verharrten sie auf der Stelle und warteten, bis der Hai wieder an ihnen vorbeigeschwommen ist. Als er weit genug von ihnen entfernt zu sein schien, schwammen die beiden Männer so schnell sie konnten an die Wasseroberfläche. Ray hatte sie zuerst erreicht und riss sich das Mundstück und die Taucher-brille vom Gesicht. „Hai!", rief er nur und die Mannschaft reagierte sofort. Routiniert halfen sie ihm an Bord, wo er sich erst einmal hinsetzte, um sich zu beruhigen. Die Handkamera hatte er bei sich, die Aufnahmen waren also sicher.

Julio sollte als Nächster an Bord gezogen werden, doch bevor sie ihm helfen konnten, schrie er los, dass es einem durch Mark und Bein fuhr. Das Wasser färbte sich rot und Sekunden später verschwand Julio schlagartig unter Wasser. Die Mannschaft blieb sprachlos und erschüttert zurück. Da half alle Routine und alles Training nichts. Der Hai war einfach schneller gewesen und hatte sich Juli geholt.

Giuseppes Augen füllten sich mit Tränen der Wut und Trauer, doch er konnte nichts mehr für seinen alten Freund tun. Um sich vor den anderen seine Gefühle nicht anmerken zu lassen, murmelte er nur den Befehl, die Mission abzubrechen, dann drehte er sich um und ging unter Deck.

Die Männer starrten ins Wasser, wo sich das rote Blut von Julio bereits verteilte und immer mehr verwässert wurde. Bald würde man keine Anzeichen mehr dafür sehen, was sich hier für eine Tragödie abgespielt hatte. „Verdammte Scheiße", brüllte Ray, der bei Julios Schrei bereits hochgeschossen war und starrte auf die glatte Wasseroberfläche. Auch er hatte Tränen der Wut in den Augen und ging unter Deck, um es sich nicht ansehen zu lassen, dass er weinte. Die Mannschaft folgte, einer nach dem anderen.

„Papa" Giuseppe saß in seiner Kabine und versuchte mit Unterstützung einer Flasche Rotwein einen Brief an Julios geschiedener Frau zu schreiben, um ihr die traurige Nachricht mitzuteilen. Das hatte er Julio schon vor längerer Zeit versprechen müssen. Er hatte darauf bestanden, dass im Falle eines Falles seine geliebte Estella auf jeden Fall als Erstes Bescheid bekommen sollte, auch wenn sie schon lange getrennt lebten.

Der Kapitän würde selbstverständlich sein Versprechen einhalten. Seine Gedanken kreisten um den guten Freund, den er verloren hatte und die vielen gemeinsamen Erinnerungen, die jetzt alles waren, was er noch hatte. Es war so traurig. Seine Hand zitterte ein wenig beim Schreiben, doch es half ja alles nichts. Er musste Julios Frau die tragische Nachricht übermitteln, ob er wollte oder nicht.

LIEBE ESTELLA

ICH HABE DIE SCHMERZHAFTE PFLICHT, JULIOS LETZTEN WUNSCH ZU ERFÜLLEN UND DIR MITZUTEILEN, DASS ER

BEI SEINEM LETZTEN TAUCHGANG VON EINEM HAI GE-
TÖTET WURDE. AUCH WENN IHR SEIT EINIGEN JAHREN
VONEINANDER GETRENNT LEBT, SO WAREN SEINE GE-
DANKEN STETS BEI DIR. JULIO WOLLTE, DASS DU WEISST,
DASS ER DICH IMMER GELIEBT HAT. AUCH WENN DICH
DIESE WORTE JETZT NICHT ÜBER DEINEN KUMMER HIN-
WEGTRÖSTEN KÖNNEN. WIR ALLE AN BORD, SIND SCHO-
CKIERT, GELÄHMT UND ENTSETZT VON DIESER TRAGÖ-
DIE UND ÜBERMITTELN DIR AUF DIESEM WEGE UNSER
ALLER HERZLICHES BEILEID.

GIUSEPPE ALFONSO, KAPITÄN DER AGUILA

Am nächsten Morgen versammelte sich die Mannschaft in der Mes-
se, um einen Abschiedsgottesdienst für Julio zu halten. „Papa" hatte
über Nacht noch ein wenig zu sehr dem Wein zugesprochen und
schwankte leicht. Doch als Kapitän war es seine Pflicht, diesen Got-
tesdienst zu leiten. Dr. Newhouse sah, dass es dem Kapitän nicht
besonders gut ging und schaffte es, ihn mit sanfter Gewalt auf einen
der freien Sitzplätze zu lotsen, wo er mit gesenktem Kopf zwischen
der restlichen Mannschaft sitzen blieb. Dann begab er sich zu dem
Rednerpult und räusperte sich.

„Ich werde für „Papa" die Trauerrede halten, da er noch so betroffen
ist, dass er es einfach nicht übers Herz bringt, jetzt hier vorne zu stehen. Ich hoffe, ihr nehmt es mir nicht übel, dass ich an seiner Stelle
eine Rede halten werde." Er blickte in die Runde und räusperte sich
erneut. Doch niemand widersprach. „Ich kannte Julio nicht so gut
wie ihr, da ich ihn erst vor einigen Tagen kennengelernt habe. Aber
in dieser kurzen Zeit konnte ich bereits feststellen, dass er ein sehr
freundlicher und hilfsbereiter Kamerad und Freund war, der euch
alle gerne hatte. Er war lustig und fröhlich, doch auch sehr nachdenklich. Abends vertiefte er sich gerne in der Bibel, als ich mir für
diesen Tag heute seine Bibel mit hierher gebracht habe, habe ich

eine eingekreiste Textstelle gefunden, mit der er sich wohl zuletzt beschäftigt hat. Diese Stelle werde ich anstatt einer Rede nun vorlesen. Sozusagen als seine eigenen Worte an uns an diesem traurigen Tag." Erneut räusperte sich Janus, denn seine Stimme war belegt und er hatte vor Trauer ebenfalls einen Kloß im Hals.

"Bleibt besonnen, seid wachsam. Euer Widersacher, der Teufel geht umher, wie ein brüllender Löwe und sucht jemand zu verschlingen. Doch widersteht ihm, fest im Glauben, wissend, dass die Dinge in Bezug auf Leiden, sich an eurer ganzen Bruderschaft in der Welt vollziehen. Aber nach dem ihr eine kleine Weile gelitten habt, wird der Gott aller unverdienten Güte, der euch zu seiner ewigen Herrlichkeit in Gemeinschaft mit Christus berufen hat, eure Schulung selbst beenden. Er wird euch befestigen, er wird euch stärken. Ihm sei die Macht immerdar. ......Amen."

I Petrus 5/8 -11

Janus klappte die Bibel zusammen und gemeinsam schwiegen die Kameraden und jeder dachte noch einmal an die gemeinsamen Erlebnisse mit Julio. Doch es half ja alles nichts. Sie mussten nach der kurzen Rede wieder an die Arbeit gehen, ob sie wollten oder nicht. „Gut, dann lasst uns jetzt das Wrack bergen – zu Ehren unseres Kameraden", sagte der Kapitän mit belegter Stimme und die Männer erhoben sich leiser als sonst, um sich an die Arbeit zu machen.

Aufgrund des Unfalles mussten sie nun anders als geplant vorgehen und ließen daher über den Schiffskran zwei Haikäfige ins Wasser. „Ehrlich gesagt, bin ich froh, dass wir die alten Käfige nicht ausgesondert haben. Vom Äußeren könnte man meinen, sie stammen aus dem Zweiten Weltkrieg, doch man sieht es ihnen nicht an, dass sie gerade mal drei Jahre auf dem Buckel haben!" Murmelte Michael, als er den Käfig ein letztes Mal kontrollierte, dann richtete er sich auf und kletterte vom Haikäfig herunter.
Fernando befestigte den Sauerstoffschlauch an dem Kompressor,

der später eingeschaltet werden würde, um die Luftkissen aufzublasen. Diese waren notwendig, um das Wrack aus der Tiefe zu heben. Er überprüfte kurz die Energiezufuhr, die durch ein helles Leuchten, einer kleinen gelben Birne signalisiert wird. Es war alles in Ordnung.

„Ray, pass auf! Wenn du die Luftkissen am Wrack befestigt hast, ziehst du an der Käfighalterung", erklärte Papa besorgt.
„In Ordnung, Papa", antwortete Ray während er in den ersten Haikäfig kletterte. Michael und Janus brachten Ray die gelben, noch zusammengefalteten Luftkissen, insgesamt 18 Stück. Sie hatten ausgerechnet, dass 2x18 Stück ausreichen sollten. Dann betätigt Michael den Knopf des Krans, der den Käfig endgültig ins Meer absenkt.

Ray konnte die Unterwasserlandschaft, die ihm sonst so gut gefiel, heute nicht genießen. Die Trauer um seinen Freund machte die schönen bunten Fische und die friedlich faszinierende Stille des Meeres zu einem unerträglichen Anblick. Er versuchte, seine Trauer zu verdrängen und sich auf die Arbeit zu konzentrieren. Das Wrack war jetzt in Sichtweite und kam immer näher, bis er es mit der Hand durch den Käfig hindurch berühren konnte. Jahrhunderte alte Geschichte zum Anfassen nah!

Vorsichtig öffnete er die Luke des Käfigs und schwamm mit den ersten vier Luftkissen hinaus. Dabei sah er sich ständig um, um sicherzugehen, dass keine Haie in der Nähe waren. Er legte die Luftkissen auf das Deck des Wracks und schnürte die Seilenden an den Kanonenschächten fest. Dann machte er sich auf den Weg, um die nächsten Luftkissen zu holen. Gerade als er wieder in den Käfig eingestiegen war, sah er, wie ein Hai aus dem Bauch der Sussex herausschwamm und auf ihn zukam. Seine Zähne streiften den Käfig. Ray drückte sich panisch in die hinterste Ecke des Käfigs und starrte den Hai mit aufgerissenen Augen an. Doch der Hai schien satt zu sein, denn er zeigte kein Interesse an Ray und schwamm einfach weiter.

Ray atmete erleichtert auf, war jedoch froh, als Fernando im zweiten Käfig heruntergelassen wurde. So war er nicht so einsam hier unten. Gemeinsam schafften sie es, alle Luftkissen zügig auf dem Wrack auszulegen und zum Aufblasen anzuschließen.

Plötzlich rumpelte es und Ray und Fernando konnten Erschütterungen spüren. Sie wurden geschüttelt wie Cornflakes in der Milch. Fischschwärme flohen vor ihnen oder etwas, was sie nicht sehen konnten und dann waren die Männer mit dem Rumpeln und Grollen alleine. Unter Fernandos Haikäfig breitete sich ein Graben aus, der Meeresboden zitterte und kleine Steine lösten sich und verschwanden in der frisch geöffneten Spalte. Die Sussex rutsche langsam zur Seite und drohte, ebenfalls im Graben zu verschwinden.
„Wir haben ein Seebeben!" Brüllte Fernando in sein Tauchanzug-Mikrofon

„Klettere sofort aus den Käfigen und schwimmt hoch!", Brüllte Papa zurück, das war keine Sekunde zu spät. Die Männer öffneten die Käfige und schossen nach oben in Richtung Oberfläche, so schnell sie konnten. Durch das trüber werdende Wasser konnten sie nicht einmal erkennen, ob sich irgendwo ein Hai befand. Aber die Haie waren sicher ihrem Instinkt gefolgt und hatten zusammen mit den anderen Fischen das Gefahrengebiet bereits verlassen. Erschöpft und zitternd kamen sie an der Wasseroberfläche an und mussten schwerfällig wie zwei Walrosse an Bord gehievt werden.

„Ich glaube, das verdammte Schiff will nicht geborgen werden!", Keuchte Fernando.
„Es ist einfach abgerutscht…Aber es ist noch nicht verloren!", Ergänzte Giuseppe. „Wir können es immer noch bergen. Wir haben noch Reserve- und Abschleppkissen und wir werden sofort die Kissen aufblasen, die ihr schon angeschlossen habt. Diejenigen, die noch funktionieren, sollten das Wrack stabilisieren und helfen, nach oben treiben zu lassen. Ich werde nicht aufgeben, bis wir das

Wrack endlich geboren haben!"

Die Mannschaft nickte und Michael schaltete die Luftzufuhr ein. Die Maschine begann zu rattern und die Luft durch die dicken Schläuche zu pumpen bis hinunter zu den kleinen gelben Luftkissen. Gespannt standen die Männer an der Reling und hofften inständig, dass der Bergungsversuch klappen würde.

„Da!", Schrie Fernando auf wie ein kleines Kind im Spielzeugladen. Alle starrten aufgeregt auf die Stelle, auf die er mit dem Finger zeigte. Und blubbernd und mit vielen Wellen tauchte plötzlich die Sussex vor ihnen aus dem Wasser auf. Zwar mit Schlagseite auf der Backbordseite, aber sie war an der Wasseroberfläche und schaukelte seitwärts vor sich hin. Die Mannschaft brach in Jubelschreie aus und fiel sich gegenseitig in die Arme.
„Das war für dich, Julio!", Rief Ray und die Anderen stimmten mit ein.
Papa war zufrieden.

„Morgen sorgen wir dafür, dass sie wieder aufrecht schwimmt und, so Gott will, erreichen wir unseren Bestimmungshafen übermorgen früh. Senior Newhouse. Sie können über Funk ihren Geldgeber informieren." Dann wandte er sich ab und ging in seine Kabine zurück, während die Anderen sich nicht vom Anblick der Sussex losreißen konnten und immer noch freudestrahlend auf das alte Wrack blickten, das nun in Sichtweite vor ihnen trieb.

UNTER WEHENDEN FLAGGEN

Strahlendblauer Himmel erstreckte sich über dem ruhigen und windlosen Meer. Die Sonne schien erbarmungslos auf das britische Segelschiff, das langsam Kurs auf die Klippen von Port Royal nahm. Die Mannschaft der ARK ROYAL ist erschöpft und freut sich darauf, bald an Land gehen zu dürfen und die Vorräte auffüllen zu können. Es herrschte schon lange Flaute und das Wasser war knapp – und das bei dieser Hitze.

Es herrschte Langeweile an Bord und während der Kapitän, Sir Douglas Fairfax, an Deck auf und ab ging, saßen der Schiffsarzt und seine Offizierskameraden unter Deck und spielten eine Partie Twist. Es war heiß und stickig unter Deck, aber immer noch besser, als in der prallen Sonne oben, wo die Mannschaft in den Wanten und im Ausguck zu tun hatte. Diese Kollegen waren wirklich nicht zu beneiden. Wer nicht spielte oder arbeitete, lümmelte in den Kojen und Hängematten herum und döste vor sich hin.

Plötzlich hörte man den Ausguck rufen. Der Kamerad hatte etwas im Wasser treiben sehen. Sofort zückte der Kapitän sein Fernrohr und schaute auf das Meer hinaus. Und tatsächlich schwamm da etwas, das aussah wie ein halb kaputtes Floß, an das sich mehrere erschöpfte Kinder geklammert hatten. Was für ein Glück, dass sie noch keinem Hai untergekommen waren.
„Mr. Batshon, lassen Sie die Beiboote zu Wasser und holen sie die Kinder an Bord, bevor die Haie hier auftauchen!"

Der Angesprochene reagierte sofort.
„Aye, Aye, Kapitän!" Von Deck aus beobachtete der Kapitän, wie seine Mannen sich schnell rudernd den Kindern näherten und sie

dann mehr oder weniger gefühlvoll in die Beiboote hievten. Zitternd und bleich hingen sie aneinander und sahen mehr tot als lebendig aus. Doch rein äußerlich schien ihnen nichts zu fehlen. „Bringt sie zum Schiffsarzt und gebt ihnen trockene Kleidung und etwas zu essen. Ich werde mich dann später mit ihnen beschäftigen", befahl er.

Die sechs Freunde waren erleichtert über ihre Rettung und ließen sich willenlos in die Kabine des Kapitäns führen, wo man ihnen viel zu große, aber trockene Kleidungsstücke gab und der Schiffarzt sie kurz untersuchte. Dann setzte man sie auf die Stühle, die den Schreibtisch des Kapitäns umstanden, gab ihnen Decken, etwas Tee und altes Brot. Die Männer redeten nicht sehr viel mit den Kindern, denn erstens hatten sie keine Lust, sich um einen ganzen Kindergarten zu kümmern und zweitens war ihnen bei dieser Hitze jede Anstrengung zuwider. Sollte sich doch der Kapitän um die Kleinen kümmern.

„Wo sind wir denn? , Fragte Miro leise in die Runde. „Auf einem Kriegsschiff oder einem Piratenschiff", zischte Charly leise zurück. Doch bevor sie sich ausführlicher unterhalten konnten, öffnete sich knarrend eine Tür und der Kapitän trat ein. Aus dunklen, zusammengekniffenen Augen musterte er die Kinder eines nach dem anderen. Dann stampfte er mit den blank polierten schwarzen Stiefeln näher und blieb direkt vor Charly stehen.

„Mein Name ist Fairfax. Ich bin der Kapitän dieses Schiffes. Der ARK ROYAL, Kriegsschiff im Dienste Ihrer Majestät, der Königin von England", stellte er sich vor. „Und wer seid ihr? Woher kommt ihr?"

Charly wusste nicht genau, was er darauf antworten sollte, denn die Wahrheit würde der Kapitän ihm ja doch nicht abnehmen. Also stellte er reihum seine Freunde zunächst vor.

„Wir sind mit unserem Floß abgetrieben worden und in Seenot geraten. Und jetzt wissen wir nicht genau, wo wir sind. Könnten Sie uns wohl auch verraten, welches Jahr wir haben?"

Der Kapitän zog erstaunt die Augenbrauen hoch.
„Die Sonne…", versuchte Charly, sich herauszureden. Prompt gingen die Augenbrauen des Kapitäns wieder auf die ursprüngliche Position zurück.
„Ja, ich verstehe. Ihr habt wohl einen Sonnenstich. Ich kann es Euch nicht verübeln, dass ihr das Gefühl für die Zeit und die Position verloren habt. Also wir sind ungefähr zwei Tagesreisen von Port Royal entfernt und wir schreiben das Jahr des Herrn 1588 – aber das müsstet ihr ja wissen, ihr könnt ja nicht seit mehreren Jahren auf dem Meer herumtreiben, oder?"
Der Kapitän versuchte ein Lächeln, aber er war nicht sehr überzeugend. Mit Kindern kannte er sich einfach nicht aus.

Charly überschlug im Kopf die Geschichtsdaten und rechnete zurück.
„Oh, dann dauert der Krieg gegen Alvaro de Bazán schon ungefähr 20 Jahre an?" Murmelte er. Der Kapitän starrte ihm in die Augen.
„Was weißt du schon vom Krieg, junger Mann? Du bist doch kaum 14 Jahre alt, möchte ich schätzen."
„Oh, ich weiß so einiges", gab Charly keck zurück.

„Bazán wird bald von Lissabon aus mit 130 Schiffen in See stechen und dann weitere Soldaten in den Niederlanden an Bord nehmen… oder hat es schon und dann…" plapperte er drauflos.

Susan versetzte ihm einen Tritt gegen das Schienbein, doch es war bereits zu spät.
„Ihr seid Spione!", Rief der Kapitän.
„Ich werde euch aufknüpfen lassen!".
Die Mädchen wurden weiß wie Kreide und Miros Unterkiefer be-

gann zu zittern.

„Nein, nein, wir sind keine Spione. Wir sind Zeitreisende und kommen aus der Zukunft", erklärte Charly.
Er wusste, dass der Kapitän ihm das nicht abkaufen würde. Aber eine andere plausible Ausrede war ihm auf die Schnelle nicht eingefallen. „Wir kommen aus dem Jahr 2023 und sind aus Versehen hier gelandet. Daher kennen wir die Zukunft!"

Charly tastete seine nasse Kleidung nach dem Schlüssel ab, da wurde das Schiff plötzlich durchgeschüttelt. Laute Geräusche drangen von draußen herein. Holz splitterte. Der Kapitän fluchte und rannte aus der Kabine, war jedoch geistesgegenwärtig genug, die Kinder vorsorglich einzusperren.
„Was war das?", Fragte Rebecca ängstlich.
„Nun, wir sind auf einem Kriegsschiff. Ich vermute also, dass wir angegriffen werden", antwortete Peter trocken.

Plötzlich wurde die Tür aufgeschlossen und öffnete sich rasch und quietschend ein Stück weit, gerade soviel, dass Mr. Batshon herein huschen konnte. Er drückte Charly den vermissten Schlüssel in die Hand und übergab ihm einen Brief. „Gib den Brief Jimmy, wenn Du ihn siehst!", nuschelte er hastig und war schon wieder draußen, um sich am Kampf zu beteiligen.
„Wer ist Jimmy?", Rief Charly ihm nach.
„Und wieso hatte er den Schlüssel?", Fragte Susan. Doch Batshon kam nicht mehr zurück, um ihnen diese Fragen zu beantworten, denn er wurde in dem Kampf, der an Deck tobte, tödlich verwundet.
„Ich glaube, wir sollten auch mal rausgehen", sagte Henry. „Der Kerl hat die Tür nicht wieder abgeschlossen."
Sie waren unschlüssig. Draußen tobte ein Kampf, hier drinnen waren sie sicher. Oder nicht? „Falls das Schiff sinkt, ist es besser, wir sind irgendwo an Deck. Hier drin würden wir samt dem Schiff auf

dem Meeresgrund landen!", Vermutete Peter. Diese Vorstellung beflügelte die Freunde und sie packten ihre Sachen, um sich aus der Kabine zu schleichen. Aber auf Deck hatte sich der Kampf bereits entschieden.

„Wen haben wir denn da?", Schrie ein spanischer Soldat und bedrohte die Kinder mit dem Degen. „Ihr werdet hübsch mit mir auf unser Schiff kommen. Vielleicht können wir euch später gegen ein wenig Gold wieder einzutauschen…"

Der Spanier grinste schief und fuchtelte mit dem Degen, um die Kinder zur Eile anzutreiben. Zusammen mit den britischen Gefangenen wurden die Kinder in die Beiboote verfrachtet und zur LIBERTA hinüber gerudert.
„Ich weiß nicht, ob mir das lieber ist, wie das Erlebnis mit den Dinosauriern", flüsterte Rebecca leise ihrem Bruder zu, doch der war zu ängstlich, um darauf zu reagieren. Mit großen Augen sah er sich um und versuchte zu verstehen, wo er hier hineingeraten war.

Kapitän Mendoza beäugte die Kinder, die man ihm an Bord gebracht hatte, misstrauisch und war unschlüssig, was er mit ihnen anfangen sollte. Aber Kinder zu töten, kam für ihn nicht in Frage. Er hatte schließlich selbst eine Tochter.

„Mr. Valderez, bringt die Kinder in die Kabine meiner Tochter. Ich werde später überlegen, was ich mit ihnen anstelle. Aber passt auf die Kinder auf!", fügte er seinem Befehl warnend hinzu. „Aye, Aye, Sir!", antwortete der erste Offizier und führte die Kinder mehr oder weniger freundlich die knarzenden engen Stufen hinunter und den Gang entlang bis zur Kabine der Tochter des Kapitäns.

„Ihr werden die Tochter des Kapitäns mögen. Sie ist zwar älter als ihr, aber sehr freundlich und hübsch. Ein Ebenbild ihrer verstorbenen Mutter", murmelte er, als er vor der Tür stehen blieb, um anzuklopfen.

„Was ist mit denn mit ihr passiert?", Fragte Rebecca neugierig. „Ich sollte nicht darüber sprechen. Es war eine Tragödie für den Kapitän. Seine Gattin wurde vor 25 Jahren entführt – mit dem ungeborenen Kind des Kapitäns unter dem Herzen."

Er redete nicht weiter, da eine junge Frauenstimme, „Herein!", rief. Dann öffnete er die Tür und ließ die Kinder an sich vorbei eintreten. Dann postierte er sich wachsam vor der Tür.

Susan und Rebecca bestaunten die prunkvoll eingerichtete Kajüte mit dem pompösen Bett und den wertvollen Möbeln. Auf der Kommode neben dem Bett stand ein silberner Kerzenleuchter und daneben lag eine vermutlich kostbare Perlenkette mit einem Medaillon. „Mein Name ist Victoria Larissa Gabriela Mendoza. Und wie heißt ihr?", fragte die junge Frau, die sich von einem winzigen Schreibtisch erhoben hatte und den Überraschungsbesuch erstaunt ansah. Die Mädchen starrten Victoria neidisch an, die Jungs waren beeindruckt. Mit dem edlen Kleid, den rabenschwarzen Haaren und der roten Orchidee darin, sah die Tochter des Kapitäns umwerfend schön aus.

Wieder war es Charly, der sich als Sprecher der kleinen Gruppe betätigte. Er gefiel sich langsam in der Rolle des Anführers, auch wenn er das niemals zugeben würde. „Mein Name ist Charly Townsend, das sind Susan Edwards, Rebecca und Miro Satienne, Henry Verneul und Peter Seidel. Wir sind Reisende, die sich verirrt haben." Victoria verschränkte skeptisch die Arme vor der Brust. „Also, wie Reisende seht ihr mich nicht gerade aus. Jedenfalls nicht wie Reisende des 16. Jahrhunderts." Beschämt blickten die Kinder an ihren übergroßen Männerklamotten herunter, die sie von der Mannschaft des englischen Schiffes erhalten hatten und auf die feuchte, eigene Kleidung, sowie die Rucksäcke, die sie versucht hatten, unter den feuchten Kleidungsstücken zu verbergen.

„Irgendwie kommt mir der Name bekannt vor?", Überlegte Peter und Charly nickte. Miro, der aufgrund seines Alters nicht noch sehr von Victorias Schönheit angezogen war, wie die anderen, griff ungefragt nach einer Mango, die in einer Obstschale auf dem Schreibtisch stand. Dann begann er sie langsam mit seinem Taschenmesser zu schälen. Als Victoria das sah, weiteten sich ihre Augen vor Schreck. „So etwas habe ich doch schon einmal gesehen, aber das kann nicht sein, das ist doch unmöglich!"

„Jetzt weiß ich es! Der Brief!", Rief Charly aus. „Der Brief in der Kiste auf dem Floß! Er war mit deinem Namen unterschrieben!", Fügte Charly hinzu. Seltsamerweise war Victoria von diesen Worten nicht überrascht. Sie schien von dem Floß zu wissen. Sie blickte Charly durchdringend an, dann zuckte sie mit den Schultern und ging zu der Kommode mit der Perlenkette. Nachdenklich strich sie über die Perlen. „Der Brief ist aus einer längst vergangenen Zeit, von einem Freund, der auch ein Reisender war – genau wie ihr", erklärte sie, ohne sich umzudrehen. „Ist die Perlenkette ein Geschenk deines Freundes?", Fragte Susan. Victoria seufzte. „Ja, sie ist von meinem Freund, dem Piraten, der ständig vor etwas auf der Flucht war und der kam und ging wie es ihm gerade einfiel!", Erklärte Victoria leise und traurig.
„Ein Pirat, wie jener, der eure Mutter entführt hat?", Fragte Susan. Victoria fuhr herum und kam auf Susan zu.
„Woher wisst ihr davon?"
Susan erschrak. Sie hätte Victoria wohl nicht darauf ansprechen sollen.
„Nun ja, der Mann, der uns hergebracht hat!"
Victoria schnaubte.
„Das hätte ich mir denken können. Geschwätzig wie eine Möwe. Aber ja, es stimmt. Meine Mutter wurde von einem Piraten entführt, als sie mit mir schwanger war. Von Edward Leach. Er ließ meine Mutter auf einer kleinen Insel südlich von St. Thome zurück, wo er ein Versteck für seine Waffen und Lebensmittel eingerich-

tet hatte. Sie wurde von einem alten Mann bewacht, der als Posten auf der Insel zurückbleiben musste. Leider überlebte meine Mutter nicht lange und so hielt mich der alte Mann am Leben. Mein Vater durchkreuzte in der Zwischenzeit alle Weltmeere, um mich zu suchen und als ich fünf Jahre alt war, hat er mich endlich gefunden…" Die Augen der Kapitänstochter füllten sich mit Tränen, als sie daran zurückdachte.

„Der alte Mann ist inzwischen lange tot und ich hoffe, Leach ist es auch. Mein Vater will unbedingt auf die Insel zurück, um sich davon zu überzeugen, dass der alte Pirat nicht mehr am Leben ist, doch die Reise dorthin ist nicht gerade angenehm. Und das Versteck ist inmitten von Sumpfgebieten voller Moskitos und Wasserschlangen", Victoria schüttelte sich.

„Na super!", sagte Rebecca. „Dann sind wir direkt auf dem Weg in ein neues Katastrophengebiet. Uns bleibt aber auch nichts erspart!" Die Freunde schauten sich gegenseitig ganz betreten an.
„Falls es gefährlich wird, benutzen wir einfach den Schlüssel", antwortete Charly. „Falls wir das noch können", warf Henry ein. Charly fiel ausnahmsweise nichts ein, was er hätte erwidern, oder womit er den anderen hätte Mut machen können. Denn Henry hatte recht. Es war nicht einfach irgendein Ausflug oder harmloses Abenteuer. Hier ging es um ihr aller Leben!

Langsam und leise näherten sich die Ruderboote der Insel, die von einem dünnen Nebel und einem üblen Gestank umgeben war. Wasserschlangen huschten zur Seite, als die Boote ihre Bahnen kreuzten. Victoria wurde aschfahl im Gesicht, als sie näher kamen. Nur zu gut konnte sie sich an den Tag erinnern, als sie damals von hier weggegangen war. Nun war sie wieder hier, 20 Jahre später. Nur damit ihr Vater sich davon überzeugen konnte, dass die Piraten von damals die Insel nicht mehr als Versteck benutzten und Edward Leach bereits als Fischfutter auf dem Grund des Meeres lag. Nur weil der Kapitän relativ sicher war, dass sich im Moment keine Piraten auf der Insel befanden, hatte er seiner Tochter und den Kindern erlaubt, mit an Land zu gehen. Dennoch konnte man nie vorsichtig genug sein.

An der Anlegestelle ragte eine bleiche Knochenhand aus dem Gestrüpp am Ufer. „Der Ort ist unheimlich!", Jammerte Susan „Ich will wieder nach Hause." Ängstlich griff sie nach Charlys Hand. Ihm war selbst nicht wohl bei der Sache, doch er hielt Susans Hand einfach fest, damit sie sich sicherer fühlte. Sie musste ja nicht erfahren, dass er selbst eine Gänsehaut hatte und sein Mund ganz trocken war vor Aufregung. „Ich finde es hier cool!" Stellte Miro fest. „Ruhe. Wir legen jetzt an", flüsterte Mendoza zischend den Kindern zu. Dann hatten sie den Steg erreicht und die Matrosen sprangen aus den Booten heraus und befestigten sie fachmännisch.

„Na, wen haben wir denn da?", Schrie plötzlich eine Stimme aus dem Dunkeln und der Kapitän und die Matrosen rissen die Waffen hoch. „Das solltet ihr euch lieber zweimal überlegen. Wir sind in der Überzahl und die lieben Kinderlein, die ihr dabei habt, würden wir als Erstes erschießen!", Dröhnte die Stimme. Dann zeigte sich der Pirat in seinen löchrigen Hosen. Er hielt in beiden Händen eine Waffe. Hinter ihm tauchten weitere Piraten mit Fackeln und Waffen auf. Mendoza stellte sich vor seine Tochter, doch zähneknirschend musste er zugeben, dass sie gegen diese Überzahl an Piraten keine Chance hatten. „Dann dürfen wir unsere Gäste wohl bitten, uns zu folgen", lachte der Pirat höhnisch und dirigierte die Mannschaft mit dem Pistolenlauf in das sumpfige Labyrinth. Ein Pirat ging mit der Fackel voran, die anderen verteilten sich rechts und links von den Gefangenen. Wortlos ließen sich die Männer und die Kinder zum Versteck der Piraten führen. Susan hielt Charlys Hand so fest, dass er dachte, sie würde sie ihm brechen.
Miro klammerte sich an seine Schwester und Peter und Henry gingen dicht aneinandergedrängt. Die Kinder versuchten nicht nach links und rechts zu schauen, wo aufgehängte Skelette von den Bäu-

men baumelten und sich bestimmt noch wilde Tiere herumtrieben. Sie hielten die Augen stattdessen starr auf den Boden geheftet und ließen sich von der Menge mit schieben.

Schließlich erreichten sie das alte, halb verfallene oder zumindest arg heruntergekommene Herrenhaus, in der die Piraten gerade ein Fest feierten. Oder sich auch einfach so vollaufen ließen. Doch die Gefangenen hatten nicht viel Zeit, sich genauer umzusehen und die Eindrücke der ungepflegten, teils zahnlosen Piraten, die sich wie die wilden Tiere aufführten, aufzunehmen, da wurden sie schon weiter geführt, durch die Eingangshalle, die Treppe hinauf, in die Gemächer des Anführers. Hier trauten sich die Kinder, die Augen schweifen zu lassen. Man konnte nur erahnen, dass die Möbel, Teppiche und Gemälde, die jetzt unter einer dicken Staubschicht und vielen Spinnweben versteckt waren, einst einen prächtigen Anblick geboten hatten. Bestimmt hatte es hier einmal sehr vornehm und gemütlich ausgesehen. Vermutlich war dies eine Art Wohnzimmer oder Salon gewesen. Der Pirat, der sie mit der vorgehaltenen Waffe hierher geführt hatte, Jack blieb mit der Pistole im Anschlag stehen. Er wartete auf etwas, oder jemanden. Dieser Jemand trat auch kurz darauf polternd in das Zimmer.

„Ihr müsst die restliche Besatzung von Mendoza sein!" ertönte plötzlich eine herbe männliche Stimme und ein schwarz uniformierter Pirat stand unter der Tür. „Folgt mir in mein Arbeitszimmer", befahl er. Und unter Aufsicht von Jack ließen sich die Matrosen und die Kinder erneut in ein anderes Zimmer führen. Das Arbeitszimmer war im Gegensatz ohne Staub und ordentlich aufgeräumt. An den Wänden hingen Seekarten, am Fenster stand ein kleiner, wunderschöner Tisch mit einer Flasche Rum darauf. In hölzernen Truhen an den Wänden befanden sich wohl Andenken oder Schätze von Beutezügen. Ein schwarzer Hund unter dem Tisch fletschte die Zähne und knurrte.

„Sei still, Blackbeard!", Rief der Pirat und der Köter verstummte. Charly grinste, ein Pirat, der seinen Hund nach einem Piraten benennt? Doch schnell verschwand das Grinsen wieder aus seinem Gesicht. Es gab eigentlich in dieser Situation nichts zu lachen.

„Also meine neuen Freunde, mein Name ist Edward Leach und mit wem habe ich die Ehre?" Reihum stellten sich die Gefangenen vor, zuletzt die Kinder. „Wir sind Schiffbrüchige und wurden von Kapitän Mendozas Schiff gerettet. Ich bin Charly, der Junge mit der Brille ist Peter, die junge Dame zu seiner Rechten heißt Susan, daneben sind Rebecca und ihr kleinerer Bruder Miro, und der Große ist Henry."

„Die Mendozas!" Sinnierte Leach und starrte Kapitän Mendoza dabei an. Dann ging er auf ihn zu.

„Mein Freund. Ich freue mich, dich zu sehen. Ich nehme an, dass du deiner neuen Mannschaft und deinen Gästen nichts von unserem kleinen Streit erzählt hast, oder?" Leach grinste und Mendoza mahlte mit den Zähnen. Veronika blickte ihn mit aufgerissenen Augen an.

„Wovon spricht er?", Fragte sie. Doch Mendoza hielt den Kopf gesenkt.

„Nun", erklärte Leach an Mendozas Stelle, „... mein Freund hier hat damals unter dem Kommando von Giuseppe Gonzales, einem berüchtigten spanischen Freibeuter, meine Frau und meine beiden Kinder entführt und getötet, obwohl ich das geforderte Lösegeld bezahlt hatte. Giuseppe verschwand mit dem Lösegeld und ließ meine Frau und die Kinder auf einer einsamen Insel zurück, wo sie verhungerten. Das war nicht nett. Daher habe ich ihn gesucht, gefunden und in Maracaibo aufgeknüpft. Ganz einfach. Und Mendoza, tja, deine Frau habe ich vor 25 Jahren zur Strafe ebenfalls entführt und ausgesetzt. Aber wie ich sehe, hat deine Tochter überlebt. Eine Tatsache, die noch zu ändern wäre. Schließlich wollen wir doch, dass es gerecht zugeht, oder nicht?" Die Kinder und Veronika starrten den Piraten mit offenem Mund an. „Aber jetzt seid ihr ja alle hier und dann können wir das gleich erledigen. Wie schön, dass ihr es einrichten konntet, alle gleichzeitig hier zu erscheinen. Jack, führe unsere Gäste erst einmal in den Keller in das, sagen wir mal, Nachtquartier. Ich töte abends so ungern, ich würde das lieber morgen früh machen."

Dann winkte Leach die Matrosen und die Kinder von sich wie lästige Insekten und Jack, der dreckig grinste, stieß Mendoza grob mit dem Lauf der Pistole an.

„Na, dann wollen wir mal in den Keller gehen. Dort wird es euch gefallen." Mit klopfendem Herzen stolperten die Kinder hintereinander her durch das halbverfallene Herrenhaus in den verdreckten, schimmelnden Keller, wo sie von Jack grob in ein Verlies mit fauligem Stroh gestoßen wurden. Die Matrosen und der Kapitän kamen in das Verlies daneben.

„Pfui Teufel, hier stinkt es ja bestialisch!", Rief Susan und würgte. Auch Rebecca befürchtete, sich gleich übergeben zu müssen, doch unterdrückte den Brechreiz tapfer. Eigentlich müssten die Kinder völlig aufgelöst sein vor Angst, aber sie wussten ja, dass sie den „Schlüssel" besaßen, mit dem sie jederzeit fliehen konnten. Und es wäre besser, das sofort zu tun.

„Es tut uns Leid, Victoria, aber wir können nicht bei Dir bleiben. Wir sind Zeitreisende und wollen in unsere eigene Zeit zurück", erklärte Charly ihr. Nachdenklich sah ihn Victoria an.

„Ähnliche Worte hat mir damals ein Junge erzählt, als ich zwölf Jahre alt war", antwortete sie. „Ich verstehe, dass ihr zurück müsst. Ihr habt mit dieser Sache hier nichts zu tun. Ihr gehört in eure eigene Zeit."

Schnell streifte sie das Perlenmedaillon ab, das sie um den Hals trug und legte es Charly um. „Bitte bringt das dem Jungen, der damals bei mir war, bitte!" Charly ließ die Kette in seiner Hosentasche verschwinden. Er wusste nicht, wie er ein solches Versprechen je einhalten würde können, aber trotzdem nickte er.

Dann stellten sich die Kinder eng zusammen, um den Schlüssel der Zeit zu bedienen. Dabei stolperte Miro und plumpste unsanft auf den Hintern. „Aua!", schrie er und erhob sich wieder. Dann schob er mit den Schuhen das Stroh zur Seite, um zu schauen, worüber er gestolpert war. Hoffentlich kein Skelett?

„Da ist eine Falltür!", Stellte Henry fest. Rasch bückte er sich und schob das Stroh zur Seite.
„Wir kommen hier auch ohne Geheimgang hinaus, Victoria, aber für dich wäre es wohl besser, wenn du den Gang benutzen würdest", erklärte er.

Sie nickte und umarmte noch einmal jeden von ihnen, bevor sie durch den Eingang verschwand.
„Das Mädchen fackelt nicht lange!", Bemerkte Rebecca anerkennend. „Ich wäre nicht so mutig, hier einfach in einen dunklen Gang zu kriechen. Wer weiß, was sich dort unten befindet?"
Sie schüttelte sich. „Ja, aber sie hat auch keine Wahl!", Erklärte Susan.

„Wenn sie nicht durch den Geheimgang verschwindet, wird sie morgen früh von Leach getötet. Und abgesehen davon, wir sind auch mutig, denn wir wissen ja nicht, wohin uns der Schlüssel als nächstes bringt."

Charly drehte bereits den Schlüssel und kaum hatte Susan ausgesprochen, wurden sie von einer Farbkugel umfangen, die sie hoffentlich wieder nach Hause bringen würde.

ENTSTEHUNG EINER NEUEN NATION

Auf einem abgeernteten Strohfeld lagen die Kinder kreuz und quer auf dem Boden. Über ihnen braute sich am dunklen Nachthimmel ein Gewitter zusammen. Doch die Kinder waren noch viel zu schwach von der Zeitreise, um sich aufzuraffen und sich in Sicherheit zu bringen. Erst als der Regen sintflutartig zu Boden prasselte und Blitz und Donner erschreckende Ausmaße annahmen, kam Bewegung in die Gruppe.

Henry rappelte sich als Erster auf und sah sich um.
„Seid ihr alle in Ordnung?", Fragte er und musste gegen den lauten Donner anschreien. Nach und nach gaben die anderen, ebenso lautstark, eine Antwort und standen der Reihe nach auf, um sich nach einem geeigneten Unterschlupf umzuschauen.
„He, das gibt's doch gar nicht!", Entfuhr es Henry und er deutete an den Rand des Feldes, wo eine weitere Gestalt lag. Als der nächste Lichtblitz den Himmel erhellte, erkannten auch die anderen, um wen es sich dabei handelte: Es war Victoria Mendoza, der sie vorhin zur Flucht durch den Tunnel verholfen hatten. Oder doch nicht? Aber sie bewegte sie sich nicht.
„Ist sie tot?", Fragte Miro ängstlich.
„Los, wir schauen nach!", Beschloss Rebecca und rannte durch den strömenden Regen auf die junge Frau zu. Sie beugte sich vorsichtig zu ihr herunter und ihr Herz schlug schneller. Sie betete, dass Victoria nicht tot war, vorsichtig schüttelte sie ihre neue Freundin an der Schulter und atmete erleichtert auf, als sie die Augen aufschlug.

„Was ist passiert?", Fragte sie und blickte sich verwundert um. „Du bist mit uns durch die Zeit gereist!", Erklärte Charly.
„Aber das verstehe ich nicht. Du warst doch überhaupt nicht bei

uns, als ich die Zeitreise ausgelöst habe. Du warst schon in dem Tunnel!"

Victoria stand vorsichtig auf, unterstützt von Rebecca und Miro und antwortete mit schwacher Stimme

„Ich habe das Gefühl, dass mein Kopf gleich platzt. Ja, ich war in dem Tunnel und habe über mir ein seltsames Leuchten gesehen. Da bin ich zurück und ihr wart in einer Art bunten Lichtblase gefangen. Ich wollte die Blase anfassen und als ich sie berührte, wurde ich irgendwie weggezogen. Und jetzt bin ich hier."

Charly und Peter schauten sich vielsagend an. Das war überhaupt nicht gut. Jede Zeitreise, bei der etwas verändert wurde, würde auch die Zukunft verändern. Wer weiß, was sie jetzt womöglich angestellt hatten.

„Wir müssen erst einmal dringend aus dem Regen und dem Gewitter weg und uns einen Unterstand suchen!", Erklärte Charly, während der Regen das Feld langsam in eine große Schlammpfütze verwandelte.

„Und wo sollen wir hin?", Fragte Susan.

„Sind wir denn noch in der gleichen Zeit ?"

Die Kinder schauten sich um.

„Nein, ich glaube nicht. Das hier sieht ganz anders aus. Keine Sümpfe, keine Moskitos, stattdessen weite Felder und Landwirtschaft. Wir sind irgendwo anders gelandet, aber ich weiß nicht wo", verkündete Charly.

„Aber bei diesem furchtbaren Wetter und in der Dunkelheit kann man das nicht so genau sagen. Los, versuchen wir etwas zu finden, wo wir uns unterstellen können. Ich friere, außerdem will ich nicht vom Blitz getroffen werden!"

„Da hinten steht etwas wie eine Scheune oder Hütte. Vielleicht haben wir Glück und können dort hinein", sagte Rebecca, die sich beim nächsten Blitz orientierte, als die Umgebung in ein helles Licht getaucht war.

„Ok, dann los!", Rief Henry und nahm Rebecca bei der Hand, die wiederum Miros Hand ergriff. „Sollen wir auch Händchen halten?", Fragte Peter an Charly gewandt und der prustete los.
„Nein, ich glaube, das lassen wir dann lieber!", Grinste er. Während Susan neben Victoria hinter Henry hereilte, unterhielten sich Charly und Peter.
„Was machen wir mit ihr bloß?", Fragte Peter und war außer Atem aufgrund des schnellen Tempos.
„Sie kann ja nicht zurück, also müssen wir sie wohl mitnehmen!", Antwortete Charly. „Ich dachte zuerst, dass das historische Konsequenzen haben würde. Aber ich vermute, dass Victoria in der bisherigen Geschichte von den Piraten getötet worden ist. Also wäre sie ab diesem Zeitpunkt, wo sie mit uns gereist ist, sowieso nicht mehr in der weiteren Geschichte vorgekommen. Sie hat keine Kinder und daher auch keine Nachkommen, die sich jetzt in Luft auflösen, weil sie nicht mehr in ihrer eigenen Zeit ist. Also denke ich, dass gar nichts passiert, wenn sie mit uns kommt."
Peter grübelte.
„Aber wo soll sie denn hin, wenn wir wieder im Camp sind?"

Daran hatte Charly noch nicht gedacht.
„Du hast recht, das ist ein Problem. Aber noch wissen wir ja nicht einmal, ob wir selbst es überhaupt in unsere eigene Zeit schaffen. Wir sollten uns also erst dann Gedanken darüber machen, wenn es soweit ist. Und sag solange nichts darüber zu den anderen!"

Peter nickte. Eine fürchterliche Vorstellung, nie wieder nach Hause zu gelangen. Aber sich einfach auf den Boden zu setzen und deswegen zu heulen, würde sie auch nicht weiter bringen. Peter schluckte also seine Panik und Tränen hinunter und konzentrierte sich stattdessen darauf, schnell den Unterschlupf zu erreichen.
Zum Glück für sie war die Scheune nicht abgeschlossen. Es befand

sich aber auch nichts darin außer Resten von Stroh, das sie sich zu einem bequemen Haufen zusammenschoben, um nicht auf dem nackten, dreckigen Boden sitzen zu müssen.

„Sobald es aufhört zu regnen, können wir weitergehen. Vor der Scheune habe ich Wagenspuren gesehen. Vielleicht ist das so eine Art Straße oder Feldweg, wenn wir Glück haben, der uns in die nächste Stadt führt oder ein Dorf. Dann können wir auch herausfinden, wo wir überhaupt gelandet sind", sagte Charly.

„Wir sollten unsere nassen Klamotten irgendwo zum Trocknen hinlegen oder an die Holzbalken hängen, damit wir uns nicht den Tod holen!", Schlug Susan vor.

„Ich ziehe mich doch vor euch nicht aus!", Antwortete Rebecca und wurde rot.

„Du sollst ja auch nicht nackt sein, aber Hemd und Hose solltest Du schon ausziehen und auch die nassen Schuhe und Socken."

Rebecca war skeptisch. Aber schließlich siegte die Vernunft und die Kinder hängten die klammen Kleidungsstücke an Haken und Balken in der Scheune auf und setzten sich dann wie die Hennen auf der Stange wieder auf den Strohhaufen. Draußen tobte das Gewitter und eine Unterhaltung war ziemlich mühsam. Da sie sowieso müde waren, hingen sie einfach ihren Gedanken nach und dösten nach und nach auf dem Strohhaufen ein.

Sie wurden erst spät am nächsten Tag von der Sonne geweckt, die durch die Ritzen der Scheune schien. Gähnend rappelten sie sich auf und suchten ihre immer noch leicht feuchten Kleidungsstücke zusammen.

„Ich habe Hunger!", Jammerte Miro.

„Ja, ich auch", erklärte Rebecca.

„Aber da können wir nichts machen."

Hinter ihnen wurde geräuschvoll ein Rucksack ausgepackt.

„Ich könnte da schon etwas machen", grinste Henry. „Ich habe einige der Konserven von dem Floß in den Rucksack gepackt. Etwas Wurst gefällig?"

Begeistert machten sich die Kinder über die Nahrungsmittel her, obwohl sie nicht wie gewohnt schmeckten. Aber der Hunger sorgte dafür, dass sie es dennoch aßen, bevor sie sich auf den Weg machen.

Plötzlich preschte ihnen querfeldein ein Reiter in einer blauen Uniform entgegen und bremste das Pferd scharf vor ihnen ab.

„Bonjour. Vielleicht könnt ihr mir den Weg nach Norristown erklären? Ich glaube, ich habe mich bei dem Gewitter verirrt." Hektisch blickte der Franzose die Kinder reihum an.
„Vite, vite. Ich habe eine wichtige Depesche für Colonel Harry Burwell!", Trieb er sie an.

„Norristown? Tut mir leid, aber mir sagt der Ort überhaupt nichts!", Teilte Henry ihm auf Französisch mit.
„Gut, da kann man nichts machen!", Murmelte der Franzose knapp, gibt seinem Pferd die Sporen und reitet weiter über das nasse Strohfeld. Henry blickt Charly fragend an.

„Sagt dir der Name Burwell etwas oder der Ort Norristown?"
Charly nickte. „Ich weiß, dass Norristown nur ein paar Meilen von Philadelphia entfernt ist. Dann wissen wir jetzt wenigstens, dass wir in Amerika sind. Und wenn wir hier auf einen Franzosen treffen, dann müsste dies das Jahr 1776 sein."
Henry schaute verständnislos an. „Häh? Wie? Wie kommst Du denn darauf?"
„Hast du denn in der Geschichte deines eigenen Landes geschlafen Henry?", Fragte Susan. „Der Unabhängigkeitskrieg zwischen England und den Kolonialstaaten, auch Amerika genannt. Die Franzosen schlugen sich auf die Seite der Unterdrückten und stellten ein Heer auf, welches zusammen mit den Kolonialstreitkräften in den

Krieg zogen."

„Besser hätte ich es nicht erklären können Susan!", Lobte Charly sie.

„Also sind wir im Jahr 1776, in der Nähe von Philadelphia gelandet, mitten im Krieg", fasste Rebecca zusammen.

„Na, prima!" Wie um die schlechte Nachricht zu unterstreichen, ertönten plötzlich in der Ferne Kanonenschüsse.

„Wir sollten schnellstens von hier verschwinden!", Rief Charly. Sie rannten allesamt den Feldweg entlang, bis sie nicht mehr konnten, aber die Schüsse wurden immer lauter und kamen immer näher. Daher liefen sie schnell in den nahe gelegenen Wald hinein, kauerten sich im Gebüsch zusammen und hofften, so dem immer lauter werdenden Schlachtengemetzel zu entrinnen.

In den Lärm mischte sich das Rattern von Kutschen und das Knallen vom Peitschen. Die Kutscher trieben die Pferde zu Höchstleistungen an, um zur Deckung in den Wald zu fahren. Neben den Kindern kamen die Kutschen abrupt zum Stehen.
„Was ist?", Schrie eine männliche Stimme aus der ersten Kutsche seinem Kutscher zu.
„Hier sind Kinder, Sir."
„Kinder?"
Der Insasse stieg aus und betrachtete die Kinder überrascht.
„An so einem Ort habt ihr nichts zu suchen, Kinder, wie seht ihr eigentlich aus?" Fragte der alte Mann und postierte sich vor sie hin.
„Wir sind auf einer Reise!" Erwiderte Susan.
„Ist das so!" Stellte der Alte in Frage.
„In diesen Zeiten ist es viel zu gefährlich zu reisen. Das Beste ist, ihr kommt erst einmal mit mir mit. Anschließend könnt ihr euch bei mir ausruhen."

„Verzeihen sie Mister. Dürften wir erst einmal fragen, wer ihr seid?

Unsere Eltern haben uns beigebracht, nie mit Fremden zu gehen."
Der alte Mann wandte sich von den Kindern ab und ging wieder zur
Tür der Kutsche.

„Mr. Benjamin Franklin, ist mein Name!"
Mr. Franklin nahm seine Depeschentasche an sich, um in seiner
Kutsche Platz zu machen.
„Benjamin Franklin", fügte er hinzu und bedeute mit einer Arm-
bewegung, dass die Kinder einsteigen sollten. Erneut rückten die
Geschosse näher. Ein Querschläger traf den Baumstamm, vor dem
Benjamin Franklin stand.
„Die Anderen steigen in die zweite Kutsche ein. Los beeilt euch."
Franklin sah hinüber und wartete noch ungefähr eine Minute, bis
auch der Rest eingestiegen war.
„Kutscher, fahren Sie endlich los! Sie kennen das Ziel."
Der Kutscher gab den Pferden wieder die Peitsche und prompt
galoppierten sie vom Stand aus und zogen die Kutsche durch den
Wald.

„Meine Herrn. Ich bitte um Ordnung und Ruhe!", Rief der Leiter
der Delegiertenversammlung in die Menge. Die altgedienten und
gleichgesinnten Männer im Geiste begaben sich auf ihre Plätze und
warteten nun auf das Eintreten von Mr. Benjamin Franklin, dessen
Schritte man bereits auf den Dielen im Vorderraum hören konnte.
Ein Diener des Kongresses öffnete die Flügeltür, sodass Mr. Franklin den Raum betreten konnte.

„Ich bitte meine Verspätung zu entschuldigen", sprach er, als er zum
Tisch von Mr. Hancock ging, seine Mappe öffnete und eine frisch
gedruckte Seite vorlegte.
„Für alle Mitglieder des Kongress, werde ich nun die Worte vorlesen, die wir der englischen Königin zukommen lassen wollen, in
der Hoffnung, dass sie ihre Truppen aus unserem Land abzieht und
die Bürger unseres Landes in Frieden und Sicherheit leben können.

„Erklärung durch die Repräsentanten der Vereinigten Staaten von Amerika.

Manchmal ist es für ein Volk notwendig, die politische Bande, wodurch es mit einem anderen verknüpft gewesen ist, zu trennen, um unter den Mächten der Welt eine abgesonderte und gleiche Stelle einzunehmen, wozu die Gesetze der Natur sowie Gottes Gesetz berechtigen. So erfordern Anstand und Achtung für die Meinungen des menschlichen Geistes, dass bekennende Ursachen zu einer unausweichlichen Trennung die Folge darstellt."

„Ich verstehe kein Wort von dem, was der Mann da vorliest!", Tuschelte Miro draußen vor der Tür, wo er mit den anderen Kindern warten sollte.
„Ich auch nicht!", Flüsterte Rebecca zurück.
„Aber freu dich, dass wir Benjamin Franklin kennenlernen durften und er uns sogar mit hierher genommen hat. Er war ein berühmter Schriftsteller und Erfinder und Politiker und er hat die Vereinigten Staaten von Amerika mitgegründet!", Wisperte sie. „Vermutlich unterzeichnen sie da drin gerade die Unabhängigkeitserklärung!"

Miro zuckte mit den Schultern. Das war ihm egal. Diese Epoche war langweilig und es herrschte Krieg, was wiederum gefährlich war. „Müssen wir denn lange hierbleiben?", Quengelte er. Charly blickte mit zusammengezogenen Augenbrauen zu Miro hinüber. „Miro, das ist alles geschichtlich hochinteressant!", Erklärte er.

„Für dich vielleicht, aber mir ist langweilig. Können wir nach Hause, bitte?", Versuchte es Miro erneut.
„Ich will aber noch etwas über diese Zeit erfahren, lass uns noch ein wenig aushalten!", Bat auch Peter.
„Benjamin Franklin hat immerhin den Blitzableiter erfunden, ihr wisst ja, dass mich Erfinder brennend interessierten!" Henry und Susan zuckten nur die Schultern. Veronica war verwirrt. Sie wusste

mit all den Informationen ihrer neuen Freunde nichts anzufangen. Aber aus ihrer Sicht war sie ja auch in der Zukunft gelandet und nicht in der Vergangenheit. Für sie war alles neu und fortschrittlich, was für die Freunde historisch und alt war.

Drinnen waren die Dokumente unterzeichnet worden und als die Dienerschaft den Champagner servierten, mit dem die Delegierten darauf anstoßen wollten, kamen auch die Kinder in den Saal herein. Verwundert wurden sie von den Anwesenden in Augenschein genommen.

„Diese Kinder sind meine Gäste", erklärte Benjamin Franklin. Ich hoffe es stört Sie nicht, wenn sie sich in diesem Haus aufwärmen und übernachten?"
„Natürlich können sie hier bleiben!", Erklärte Mr. Hancock und wies seinen Diener an, den Kindern Gästezimmer zur Verfügung zu stellen. Der Diener begleitete die Kinder ohne Umschweife aus dem Saal hinaus. Eine solche Versammlung war kein Aufenthaltsort für Kinder. Große Lust, sich um die Kinder zu kümmern, hatte er selbstverständlich auch nicht. Aber er würde sich hüten, das zu zeigen. Stattdessen richtete er ihnen die Gästezimmer her, wie man ihn angewiesen hatte und brachte den Kindern Brot und kalte Hähnchenkeulen. Entsetzt beobachtete er, wie die Kinder das Essen verschlangen als wären sie Raubtiere. Ihn schüttelte es und er suchte schleunigst das Weite. Unzivilisierte Bälger! Wer weiß, wo Mr. Franklin diese Kinder aufgelesen hatte?

Die Kinder waren begeistert, endlich wieder in richtigen Betten zu schlafen, vor allem nachdem die letzte Nacht auf dem feuchten Stroh nicht besonders angenehm gewesen war. Doch sie hatten nicht viel Freude daran, denn in den frühen Morgenstunden wurden sie durch Kanonenschüsse geweckt, die sich gefährlich nahe anhörten. Hastig stiegen sie aus dem Bett und rannten ans Fenster. Doch im morgendlichen Nebel konnte man nicht viel sehen.

„Was sollen wir jetzt tun?", Fragte Rebecca panikartig. Sie hoffte, dass Charlys Interesse an dieser Epoche nicht groß genug war, um noch länger hierzubleiben und dass er vorschlagen würde, sofort den Schlüssel zu benutzen, um durch die Zeit zu reisen.

„Ihr solltet von hier verschwinden!", Rief eine tiefe Stimme zur Tür herein, wo ein älterer Diener mit einer Petroleumlampe stand. „Rasch, folgt mir, ich bringe euch durch einen Geheimgang in Sicherheit!" Die Kinder schauten sich gegenseitig an und waren nicht sicher, ob sie dem unbekannten Mann trauen konnten. Draußen näherten sich die Kanonenschüsse. „Ihr müsst euch beeilen", drängte der Diener und jetzt kam Bewegung in die Kinder. Mit klopfendem Herzen zogen sie sich an und folgten dann dem alten Mann in den dunklen Gewölbekeller.

„Wo sind denn all die anderen? Ich meine die Männer von gestern Abend", fragte Charly.
„Die Meisten sind nach eurer Ankunft abgereist. Mr. Hancock erhielt in der Nacht eine dringende Depesche, die ihn zum raschen Aufbruch drängte."
„Was stand denn in der Depesche drin?", fragt Charly.
„Ich weiß es nicht, aber sie kam von George Washington."
Charly wollte gerade etwas fragen, als man es oben im Haus poltern hörte. Schnelle Schritte, Rumpeln und Klirren. Als ob jemand das Haus verwüsten würde.

Der Diener verzog das Gesicht. „Die Soldaten sind bereits ins Haus eingedrungen", fluchte er.

„Los, kommt!" Der Diener zog ein Weinregal von der Wand weg zu sich. Am Boden entstand dabei eine halbrunde Schleifspur. Dahinter befand sich eine Holztür mit Eisenriegeln. Er holte einen alten Schlüssel heraus und schloss die Tür geräuschvoll auf.

„Geht diesen Gang entlang und ihr kommt auf der anderen Seite wieder heraus. Ich wünsche euch viel Glück."

„Danke Sir!" Rief Henry und stürmte mit der Petroleumlampe des alten Mannes voran.

„Ja, danke", sagten auch die anderen hastig und rannten schnell an ihm vorbei.

Charly ging als letzter und hörte noch, wie der alte Diener die schwere Tür wieder schloss und verriegelte. Auch das Schieben des Weinregals konnte er wahrnehmen. Doch als er drei Schüsse hörte, blieb er stehen und blickte zurück. Er konnte sich denken was geschehen war. Die Soldaten hatten wohl den Weinkeller entdeckt und den Diener ebenfalls. Hoffentlich fanden sie nicht so schnell heraus, wie man den Geheimgang öffnen konnte. Doch da hörte er schon das schabende Geräusch, welches das Regal auf dem Boden machte. Sein Herz setzte einen Schlag aus.

„Lauft, so schnell ihr könnt", schrie er seinen Freunden zu.

„Was ist denn los?" Fragte Henry, der stehen geblieben war.

„Die Briten haben den Tunnel entdeckt!"

Panisch vor Angst rannten die Kinder weiter, bis sie plötzlich vor einer Wand standen und nicht weiter konnten. „Das kann doch nicht wahr sein!", kreischte Rebecca. „Es muss doch hier weitergehen!" Panisch schlug sie mit der Hand gegen die Wand und Sekunden später gab der Boden unter den Kindern plötzlich nach und sie fielen ins Bodenlose. Sie kreischten und schrien vor Angst in den höchsten Tönen und plumpsten kurz darauf in dreckiges, eiskaltes Wasser, das sie mitriss. Geistesgegenwärtig hielten sie die Luft an, obwohl ihnen klar war, dass das nicht viel nützen würde. Doch sie hatten Glück im Unglück. Das Wasser spülte sie nur ein Stück weiter wieder ins Freie, wo sie keuchten und prusteten und das eklige Wasser wieder heraus spuckten, das sie versehentlich geschluckt hatten.

„Was ist passiert?", Fragte Susan, als sie wieder einigermaßen Luft bekam.

„Irgendjemand von uns hat eine Falltür ausgelöst", erklärte Charly hustend. „Vermutlich als Rebecca auf die Wand eingeschlagen hat."

Dann fuhren sie zusammen, als erneut Kanonenschüsse ertönten. „Was schießen die denn noch? Die sind doch schon lange im Haus, oder nicht?", Fragte Peter.
„Ist doch egal", fuhr Henry dazwischen.
„Es ist jetzt höchste Eisenbahn, hier abzuhauen. Los, Charly, öffne das Portal!"

Charly nickte und alle schwammen zu ihm hinüber, um ihn festzuhalten. Sekunden später umhüllte sie die bunte Seifenblase und katapultierte sie in den Himmel hinein.

EINE NEUE ENTDECKUNG

In Lord Hamiltons privaten Kunstsammlungsbereich lagen die Schätze, denen Jahrzehnten er hinter hergejagt hatte. Zuerst hatte er nur leidenschaftlich alles gesammelt, was mit seinen Vorfahren zu tun hatte, die er immerhin bis ins 11. Jahrhundert, bis zu den Kreuzzügen zurückverfolgen konnte. Später hatte er einfach Freude daran gefunden, seltene und wertvolle Dinge zu sammeln und so hatte er bereits eine ansehnliche Sammlung an Wandteppichen, Edelsteinen, Gemälden und anderen für ihn wichtigen Dingen zusammengetragen.

Nach der Bergung der Sussex hatte Dr. Newhouse die Gelegenheit, Lord Hamiltons Sammlung zu bewundern und schritt langsam die Vitrinen ab, hinter denen die wertvollsten Gegenstände lagen. Dabei blieben seine Augen an einem Brief hängen, den Lord Hamilton kurz zuvor noch selbst betrachtete hatte. Dr. Newhouse setzte seine Brille auf und ging näher an das Glas heran.

MEIN LIEBER SOHN

SOLLTEST DU DIESEN BRIEF IN DEINEN HÄNDEN HALTEN, SO SEI DARAUF GEFASST, DASS DIES DER SCHLÜSSEL ZUM GEHEIMNIS UNSERER FAMILIE IST. ICH GEBE DIR DIESEN SCHLÜSSEL MIT AUF DEM WEG. DU KANNST IHN NUTZEN ODER IN VERGESSENHEIT GERATEN LASSEN ES LIEGT AN DIR.

AN DEN PERLEN DES HERAKLES, LIEGT DIE WAHRHEIT
ANNO DOMINI 1853

DEIN VATER CHARLES PARSONS

„Interessanter Brief. Nicht wahr?" Fragte Lord Hamilton, der die Vitrine öffnete, um eine weiße Perlenkette mit einem goldenen Amulett in der Mitte, hineinzulegen.

„In der Tat, Mylord", erwidert Newhouse.
„Dank Ihrer Hilfe bin ich nun im Besitz des Schlüssels, dass mich zum Familiengeheimnis der Parsons führt. Vielleicht eine unentdeckte Erfindung, die mir viel Geld einbringen wird."
„Sie besitzen einen achtzigprozentigen Anteil am Fund der Gold- und Silbermünzen, die wir vor Gibraltar geborgen haben. Dies entspricht genau einem Finderlohn von neun Prozent die von der Regierung bezahlt wird. Zudem kommt noch der Wert dieser Perlenkette, die ich locker auf einige hunderttausend Pfund schätze. Geht ihnen Geld über alles?"

„Geld regiert die Welt. So lautet eines meiner Lebensweisheiten. Je mehr man hat, umso besser steht man in der Weltöffentlichkeit da!", gab Hamilton hochnäsig zurück.
„Ich kann es nicht glauben, was Sie eben gesagt haben. Früher haben Sie bestimmt anders darüber gedacht? Sonst wäre Ihre Sammlung nicht so vielfältig und einzigartig."

„Dr. Newhouse, ich habe ihr kleines Abenteuer nur finanziert, um an diese Perlenkette zu gelangen. Entweder akzeptieren sie meine Finanzierungspläne oder sie verzichten in Zukunft, mich jemals wieder um etwas zu ersuchen", mahnte Hamilton seinen Gast mit erhobenem Zeigefinger. Dann wurde er wieder sachlich.
„Sie haben nun den Brief gelesen und die Perlenkette liegt vor Ihnen. Welche Hinweise können sie daraus entnehmen?" Fragte Hamilton in einem forschen Ton.

Dr. Newhouse nahm den alten Brief, der sich in einer Klarsichtfolie befand, aus der Glasvitrine heraus und las ihn erneut durch.

AN DEN PERLEN DES HERAKLES
LIEGT DIE WAHRHEIT

„So, wie ich das sehe, deutet das auf den Standort der Sussex hin. Schon der erste Teil des Schlüssels, AN DEN PERLEN DES HE-RAKLES, irritiert mich etwas. Ich bin in der Mythologie nicht so bewandert, aber Herakles oder lateinisch Herkules, war der Sohn von Zeus und Alkmene. Er soll sogar einen Zwillingsbruder na-mens Iphikles gehabt haben. Was haben die Perlen zu bedeuten? Es könnte sein, dass in der Antike, in der Meeresenge von Gibraltar zwei Inseln waren, die man als Perlen bezeichnete. Es stimmt schon, dass man im Altertum den Felsen von Gibraltar und den Berg Ab-yle, beim spanischen Ceuta in Nordafrika, als die Säulen des Hera-kles bezeichnete. Die Perlen könnten aber auch nur Perlen bedeuten. Der erste Teil stellt den Standort dar, in dem es mit Absicht falsch geschrieben wurde. AN DEN PERLEN, könnte wirklich diese Per-lenkette gemeint sein, die wir gefunden haben. LIEGT DIE WAHR-HEIT. Es muss etwas an der Perlenkette sein, was, in den Augen des Schreibers, die Wahrheit darstellt oder zur Wahrheit führt."

Dr. Newhouse legte die Folie mit dem Brief in die Glasvitrine zu-rück, nahm die Perlenkette heraus und studierte sie mit seinen Händen und Augen.
„Einzigartige Verarbeitung. Mitte 15. bis 16. Jahrhundert schätze ich. Die Feinheit der Perlenverarbeitung könnte spanisch oder kari-bisch sein. Das Medaillon ist aus purem Gold. Hochkarätig verzie-rende Detailarbeiten. Es hat einen Frontdeckel zum Öffnen."
Vorsichtig öffnete Janus Newhouse mit einer Fingerkuppe den De-ckel.

„Seltsam! Zwei Bilder, das Bild eines Mannes und einer Frau. Sie sind noch gut zu erkennen! Für die damalige Zeit, ein enormer Fortschritt. Weshalb ich die Annahme hege, dass sie erst im 18. Jahrhundert eingesetzt wurden. Aber, wie gelangte es dann auf die

Sussex, die bereits zweihundert Jahre zuvor versank. Kennen sie diese Gesichter?"

Newhouse zeigte das geöffnete Medaillon dem Lord. Er setzte dazu sein Monokel ins rechte Auge ein. Dabei verzog er keine Mine, doch dann schnellten seine Augenbrauen nach oben, als hätte er einen Geist gesehen.

„Oh mein Gott! Sie kennen sie!" Stellte Newhouse fest. „Was wissen Sie über diese Personen?", Hakte er nach und nahm gleichzeitig die Perlenkette aus Hamiltons Hand.

Lord Hamilton setzt sich auf einen antiken Stuhl aus dem 17. Jahrhundert und begann zu erzählen: „Es war genau vor fünfzehn Jahren. Da lernte ich einen jungen Mann kennen. An seinen Namen kann ich mich nicht so ganz erinnern, aber sein Gesicht habe ich nie vergessen. Er war gerade mit seinem Archäologiestudium fertig und faselte etwas von einem sensationellen Fund, für den er Fördergelder benötigte. Damals wurde ich gerade im Kulturausschuss aufgenommen und reagierte, wie meine damaligen Kollegen, von denen die Meisten heute tot sind. Der junge Mann sprach von einer Entdeckung, die den Menschen in eine Reise durch die Zeit versetzen könnte. Wäre es möglich, dass er eine Art Zeitmaschine entdeckt hat?"

„Sicherlich wollte er sich die Fördergelder erschwindeln. Ich könnte mir vorstellen, dass er seine Unterlagen auf der Basis von H.G. Wells Buch zusammengefügt hat!" Erwiderte Newhouse, der mit seinem Finger am Amulett herumspielte.

„Moment mal. Der hintere Deckel des Medaillons lässt sich ebenfalls öffnen", stellte Janus fest. Dabei fiel ein kleiner, zusammengefalteter Stofffetzen zu Boden. Hamilton beugte sich nach vorne, streckte seinen Arm aus, hob ihn auf und entfaltete ihn. Darauf war ein Schloss abgebildet. „Ich kenne dieses Schloss!", Rief er aus und ging rasch auf ein bestimmtes Regal seiner großen Hausbibliothek zu, wo er ein dickes Buch herausnahm. Es enthielt Adelslinien samt Wappen und Besitztümern.

Newhouse legte die Perlenkette wieder in die Glasvitrine zurück und folgte Hamilton neugierig. Lord Hamilton blätterte in diesem schweren und dicken Buch herum, bis er die passende Seite gefunden hatte, er verglich die Zeichnungen
„Das ist es!" Stellte er fest und zeigt mit dem Finger auf das abgedruckte Bild.
Dr. Newhouse trat neben den Lord und sah sich das Bild des Schlosses an.
„Glamis Castle, Wohnsitz der Earls und der Countess of Strathmore.
Historische Daten: Im Jahre 1034 wird König Malcolm II. in einer nahe gelegenen Schlacht, tödlich verwundet. Er verstarb auf dem Anwesen. Queen Mom, auch Elisabeth Bowes Lyon genannt, verbrachte ihre Kindheit auf Glamis Castle. Späterer Geburtsort der Prinzessin Margaret", liest Dr. Newhouse dem Lord vor.

„Wenn es wirklich dasselbe Schloss darstellt, dann versteckt sich die Wahrheit der Parsons auf Glamis Castle", fügte Newhouse hinzu, als er sich aufrichtete und in die Augen des Lords schaute.
Lord Hamilton nahm den Stofffetzen wieder an sich und ging zurück zur Glasvitrine. Er legte es neben die Folie mit dem Brief hin und verschloss die Vitrine wieder.

„Begeben sie sich zum Londoner Flughafen. Der nächste Flug nach Edinburgh ist Ihrer! Ich werde Ihnen einige meiner externen Mitarbeiter schicken. Gemeinsam werden sie Glamis Castle für mich unter die Lupe nehmen."

Dr. Newhouse blieb mit den Händen in den Hosentaschen im Türrahmen der Bibliothek stehen und lehnte sich lässig dort an. „Eins sollten Sie wissen, Lord Hamilton. Ich bin nicht so wie Sie. Und ich will es auch nicht werden. Ich habe meine eigenen Vorstellungen von Archäologie und deshalb belasse ich es bei dieser einmaligen Angelegenheit zwischen uns. Ich werde meinen eigenen Weg gehen." Dann drehte er sich um und machte Anstalten, das Haus zu verlassen. „Es ist ihre Entscheidung. Wenn Sie nicht wollen, dass man ihren Namen in einem Atemzug mit der sensationellsten Entdeckung der Menschheit nennt, dann gehen Sie ruhig und wir lösen unsere Zusammenarbeit auf", rief ihm Hamilton hinterher.

Dr. Newhouse zögerte für einen winzigen Augenblick. Für Lord Hamilton war das ein Moment, in dem er wieder einmal das Gefühl hatte, einen Menschen nach seinem Willen manipuliert zu haben. „Dann soll es wohl so sein, Lord Hamilton!", Sagte Newhouse und verließ die Halle, ohne sich noch einmal umzudrehen.

DER STURM DER WÜSTE

Sie konnten sich nicht richtig bewegen, als sie zu sich kamen. Sie waren verschwitzt und gefesselt und saßen im Schneidersitz im heißen Wüstensand. Über ihnen stand die Sonne hoch am Himmel und schickte ihre erbarmungslosen Strahlen auf die Kinder hinunter. Sie fühlen sich wie Grillhähnchen am Spieß, denn ihre Hände waren mit straffen Stricken hinter einem Pfahl gebunden. Sie sahen sich gegenseitig an und wussten überhaupt nicht, was sie hier erwarten würde.

„Wo ist Victoria?" Fragte Susan.
Jedes der Kinder drehte suchend sich nach Victoria um.
„Victoria! ... Victoria!", Riefen sie laut ihren Namen
„Schreit nicht so herum", brüllte der Mann sie an, der plötzlich mit einem Säbel neben sie trat. „Wer sind Sie und wo sind wir hier?" Fragte Henry.
„Seid ruhig", sagte er nur, bedrohte sie noch einmal mit dem Säbel und ließ die Kinder dann allein.
„Was ist das für ein Mann?", Fragte Rebecca leise, als der Mann außer Sichtweite war.

„Hmmm, sieht aus, wie ein Nomadenreiter aus dem Orient!"
„Das passt!", Murmelte Peter mit einem Blick auf die Dünen, von denen sie umgeben waren und die Zelte, Palmen und Kamele, die er sehen konnte, wenn er die Augen zu ganz dünnen Schlitzen zusammenkniff, um gegen die Sonne überhaupt etwas sehen zu können.

Hinter einer der Dünen ertönte ein schneller, mehrfacher Schrei. Ein Trällern, das man in dieser Region mit der Zunge erzeugte. Sekunden später kam ein Reiter in einem weißen Seidengewand auf die Spitze der Düne geritten. Sein weißes Gewand reflektierte beinahe schmerzhaft das Sonnenlicht. Schließlich kam der Mann näher, übergab sein Kamel einem Bediensteten und schritt mit der Reitgerte in der Hand zu den Kindern heran. Er ließ seinen Blick zwischen dem Wachposten und den Kindern hin und her schweifen. Dann wendete er sich bedrohlich an den Wachmann.

„Was habe ich dir über das Behandeln von Fremden gesagt, Achmed?" Fragte er gefährlich leise. Der Mann schluckte trocken und traute sich kaum, seinem Herrn in die Augen zu sehen.
„… Dass wir sie respektvoll behandeln sollen, wenn wir mit ihnen in Frieden leben wollen?"
„Und, dass wir Fremde wie Gäste behandeln. Also, binde die Kinder dort los und bringe sie in mein Zelt. Anschließend besorgst du ihnen sauberes Wasser zum Trinken."

„Es wird geschehen, Lawrence", antwortete der Mann und verneigte sich tief, bevor er hastig die Fesseln der Kinder durchtrennte. Dann schob er sie verächtlich vor sich her in das Zelt seines Herrn. Er konnte zwar nichts gegen seinen Befehl ausrichten, aber man konnte erkennen, dass er ihn nicht gerade mit Begeisterung ausführte. Er führte sie zwischen schwarz gewandeten Reitern hindurch, die sich im Sand niedergelassen hatten, und grimmig eine Mahlzeit einnahmen. Die Kinder beachteten sie kaum, sie schienen sie nur aus den Augenwinkeln wahrzunehmen.

„Hier ist das Zelt des Propheten. Geht hinein. Ich hole inzwischen eurer Wasser." Achmed deutet mit seinem ausgestreckten Arm auf ein großes Zelt und drehte sich dann um und beschaffte sich das Wasser.
Verunsichert gingen die Kinder auf das Zelt zu, vor dem ein großer Mann mit schwarzem Gewand saß. Er hielt einen goldenen Dolch in der Hand, der er rasch wegsteckte, als die Kinder sich näherten. Er stand auf und verneigte sich vor ihnen, um sich vorzustellen.

152

„Ich bin Sherif Ali …"

„Ibn El Kharisch von den Haschimiten."

„Richtig. Woher kennt ihr meinen Namen?" Fragte der stolze Prinz.

„Euer Name ist bereits jetzt schon legendär", erwiderte Charly und die im Kreis sitzenden Männer lachten gutmütig.

„Ich werde euch ins Zelt von Lawrence begleiten", erklärte Sherif Ali.

Im Zelt wurden sie schon von Lawrence erwartet, der die Kinder und Sherif Ali bat, sich zu setzen und eine Kleinigkeit mit ihm zu essen. Das ließen sich die hungrigen Kinder natürlich nicht zweimal sagen und griffen zunächst nach den Tassen mit heißen Tee um ihren Durst zu stillen. Als sie ihren ersten Hunger und Durst gestillt hatten, konnten sie nicht genug von den süßen, saftigen Datteln bekommen, Miro konnte von der Köstlichkeit nicht genug bekommen.

„Könnt ihr uns erklären, wo wir hier sind?", Fragte Henry. Er war sich zwar sicher, dass Charly, der Geschichtsfreak wieder alles wusste, aber sie hatten keine Gelegenheit gehabt, sich ungestört zu unterhalten. Daher war es einfacher, ihren Gastgeber persönlich zu befragen.

„Ich glaube, die Hitze hat euch zu schaffen gemacht", erklärte Lawrence und musterte die Kinder. „Wobei ich gerne wüsste, was ihr hier eigentlich zu suchen habt. Seid ihr Spione? Oder Flüchtlinge? Irgendetwas an euch ist seltsam."

Die Kinder rutschten nervös auf ihren Plätzen hin und her. Sie konnten diesem Mann doch nicht die Wahrheit sagen. Zum Glück tauchte in dem Moment Achmed mit frischem Wasser auf und das Gespräch wurde auf die Frische und Kühle des Wassers gelenkt.

„Wo sind wir hier?", Zischte Susan Charly zu. „Im Krieg zwischen den Arabern und Türken", flüsterte Charly zurück. Noch knapper konnte er sein Wissen nicht formulieren. Er hoffte, dass Lawrence aufgrund Henrys Frage von selbst einige Informationen über sich preisgeben würde. Doch die beiden Männer begannen über Waffenlieferungen zu diskutieren und das gab Charly die Gelegenheit, seine Freunde vorsichtig auf den neusten Stand zu bringen. „Der Mann ist Lawrence von Arabien, oder eigentlich Thomas Edward Lawrence. Er ist ein englischer Offizier, Archäologe und Schriftsteller. Eigentlich ist er ist als Spion hier eingesetzt, weil die Engländer die Araber zu einem Aufstand gegen die Türken aufgestachelt haben. Jetzt planen sie gerade, wie sie den Nachschub der Türken stoppen können, damit die Truppen nicht mehr kämpfen können.“ Mittlerweile waren noch zwei weitere Männer hinzugekommen, die von Lawrence mit einem kurzen Kopfnicken und dem Namen „Ali“ und „Auda“ begrüßt wurden. Sie setzten sich zu der Gruppe dazu und griffen erst einmal nach den angebotenen Speisen.

„Wir sprechen gerade über die Unterbrechung des Munitionsnachschubes“, erklärte Lawrence und die beiden Neuzugänge nickten.
„Die Hadschesbahn“, sagte Charly und blickte dabei in die Runde.
„Was ist mit der Hadschedbahn?“, Fragte Auda misstrauisch.
„Sie ist der Schlüssel!“ Konterte Charly.
„Was für ein Schlüssel?“, Auda schien verwirrt zu sein.
„Der Junge hat Recht!“, Stellte Lawrence fest.
„Die Hadschedbahn verbindet Damaskus mit Medina. Das ist der einzige schnelle Weg, wie die Türken ihren Nachschub transportieren können!“, Warf Ali ein. Er hatte den Hinweis sofort verstanden.
„Du meinst, wenn wir die Hadschedbahn zerstören, würden die Türken abziehen?“
„Vielleicht noch nicht ganz, aber ohne Nachschub sind sie geschwächt, was uns einen großen Vorteil verschafft!“
„Dafür brauchen wir Sprengstoff, den wir nicht haben!“
„Wir werden ihn schon kriegen.“
„Von deinen Soldatenfreunden?“
„Genau, richtig!“
Die Kinder starrten von einem zum anderen und konnten dem Ge-

spräch keinen wirklichen Sinn abgewinnen. Natürlich hatten sie aufgrund von Charlys Erklärung grundsätzlich verstanden, was die Männer vorhatten, aber sie verstanden weder die geschichtlichen noch die politischen Hintergründe. Daher waren sie auch froh, als Lawrence sich erhob und den Kindern erklärte, sie sollten ihm zu einem separaten Zelt folgen, in dem sie den restlichen Tag und die Nacht verbringen sollten.

Folgsam trotteten sie hinter Lawrence her und setzten sich in dem kleinen Zelt auf den Boden, das man wohl in aller Eile extra für sie aufgebaut hatte.

„Mir ist langweilig!", Raunzte Miro. Rebecca rollte entnervt mit den Augen.

„Wenn es nach mir ginge, wäre ich auch nicht hier, aber wir können diese Zeitreisen ja nicht planen. Also müssen wir einfach hoffen, dass wir beim nächsten Mal etwas Spannenderes erleben oder gleich wieder im Camp landen."

„Lasst uns doch das Abenteuer noch ein wenig auskosten", bat Charly. „Ich interessiere mich brennend für diesen Teil der Geschichte und würde gerne noch hierbleiben, solange es nicht gefährlich ist. Vielleicht wird es ja sogar noch spannend."

Die Anderen verzogen die Gesichter.

„Also mir gefällt es hier auch nicht", gab Henry zu.

„Es ist viel zu heiß und schon wieder herrscht Krieg. Außerdem haben wir Victoria verloren. Ich bin dafür, dass wir weiterreisen, bevor es wirklich gefährlich wird."

Sie diskutierten noch eine ganze Weile und konnten sich schließlich darauf einigen, noch den nächsten Tag abzuwarten und dann aufzubrechen. Da es im Zelt nicht zu tun gab und es auch die Hitze draußen vom Zelt nicht gerade abgehalten wurde, überkam die Kinder die Müdigkeit und es dauerte nicht lange, da waren sie eingedöst.

Mitten in der Nacht wurden sie von Achmed geweckt. Ein Blick auf seine Uhr verriet Peter, dass es gerade mal vier Uhr morgens war und auch empfindlich kalt gegenüber der Hitze vom Tag.

„Was ist denn los?" Fragte Peter und gähnte.
„El Awrence will euch sehen", zischte Achmed leise, um die anderen nicht zu wecken, die draußen im Freien schliefen.
„Um diese Zeit?", Fragte Henry ungläubig und rieb sich die Augen.
„Sofort", erwiderte Achmed und gab den Kindern mit den Händen ein Zeichen, dass sie sich gefälligst beeilen sollten. Dann führte er sie zwischen den schlafenden Beduinen hindurch zum Zelt von Lawrence, der frisch und ausgeruht wirkte und die Freunde bereits erwartet hatte.

„Hier sind sie, El Awrence", meldete Achmed und verbeugte sich, dann zog er sich zurück. Lawrence bat die Kinder auf dem Boden Platz zu nehmen und sie ließen sich alle im Schneidersitz nieder.

„Vor zwei Wochen traf ich einen Jungen, der kaum älter war, als ihr es seid. Er trug auch seltsame Kleidung, die nicht hierher passt und tauchte aus heiterem Himmel mitten in der Wüste auf. Für sein Erscheinen konnte er keine glaubwürdige Erklärung liefern. Ich traf ihn, als ich auf dem Weg zum Beduinenstamm von Fürst Faisal unterwegs war und nahm ihn mit. Während des Aufenthaltes bei Fürst Faisal verschwand er im Chaos eines türkischen Angriffs, genauso plötzlich, wie er aufgetaucht war. Doch niemand hat seine Leiche gefunden, niemand ihn als Sklaven oder Geisel genommen. Ja, überhaupt niemand hat ihn irgendwo gesehen. Er war wie vom Erdboden verschluckt. Jetzt taucht ihr hier auf, genauso plötzlich. Ihr wurdet mitten in der Wüste gefunden, weitab von jeder Behausung. Ohne Kamele, ohne Nahrung, ohne Wasser. Als wärt ihr vom Himmel gefallen. Ich habe das Gefühl, dass Euer Auftauchen etwas mit dem des Jungen zu tun hat. Als wäre es aus einer anderen Zeit gekommen und wieder dorthin verschwunden."
Lawrence kniff die Augen zusammen.

156

„Ich weiß, dass es nicht sein kann, aber ich möchte nochmals von Euch hören, woher ihr kommt und wie ihr hierher gelangt seid."

„Sie haben Recht, Mr. Lawrence", erklärte Charly und spielte wieder den Anführer. Wir stammen tatsächlich aus einer anderen Zeit und sind aus einem Feriencamp für Kinder aufgebrochen. In Schottland. Wir machten einen Ausflug zu Glamis Castle und sind dort plötzlich wie von Zauberhand durch die Zeit gezogen worden. Wir haben Dinosaurier gesehen und Piraten. Dort haben wir auch unsere Freundin Victoria kennengelernt und mitgenommen. Doch gestern haben wir festgestellt, dass sie nicht mehr bei uns war. Wir wissen nicht, was mit ihr geschehen ist. Oder habt ihr sie in ein anderes Zelt bringen lassen?"

Geduldig hörte sich Lawrence die Ausführungen von Charly an. „Nein, ich habe niemanden wegbringen lassen. Aber gestern hat Auda ein Fest gegeben und uns seine neue Gefährtin vorgestellt. Eine wunderschöne Frau mit langen schwarzen Haaren. Niemand weiß, woher er sie gebracht hat."
Charlys Gesicht hellte sich auf.
„Ja, das hört sich nach unserer Victoria an. Dann ist sie also hier."

„Das Beste ist, wir finden es heraus", erklärte Lawrence und erhob sich. Die Kinder folgten ihm zu Audas abgestecktem Zeltplatz vor dem ein wunderschöner weißer Araberhengst angebunden war. Dann bedeutete er den Kindern, hier zu warten und schlich sich rasch und lautlos zu Abus Haremszelt. Er zückte den Dolch und schnitt das Zelt an der Rückseite auf. Nachdem er sich nochmals umgeschaut hatte, verschwand er in dem Riss des Zeltes. Gespannt warteten die Kinder darauf, ob die Frauen schreien oder panikartig herausrennen würden. Doch alles blieb still. Mit klopfendem Herzen starrten sie auf die Stelle, bis sie endlich Victorias schwarze Haarpracht auftauchen sahen. Erleichtert atmeten sie auf. Victoria sah sich rasch um und rannte dann hastig auf ihre Freunde zu.

„Der Mann sagte, dass wir hinter die nächste Düne laufen sollen!",
Keuchte sie.

„Hätten wir nicht unseren Schlüssel zur Zeit, wäre das eine total be-
scheuerte Idee!", Grinste Peter.

„Aber in dem Fall bin ich auch dafür. Lasst uns hinter die Dünen
rennen und dann schnell abhauen."

Die Anderen hatten nichts dagegen einzuwenden, vor allem, weil
jetzt doch ein Tumult in dem Zelt entstanden war. Ohne sich weiter
umzuschauen, hetzten sie los in Richtung der Dünen.

Es war schwieriger als gedacht, in dem Sand zu rennen und die
Düne zu erklimmen, daher waren sie auch mächtig außer Atem.
Doch zum Glück hatten sie sich nicht umgedreht, sonst wären sie
vor Schreck sicher stehen geblieben.

Ein Reiter hatte sich vom Lager aus aufgemacht und war ihnen mit
gezücktem Säbel nachgeritten.

„Charly, schnell!", Schrie Susan, als sie den Reiter schnell näher-
kommen sah. Charly fummelte sofort den Miniaturbrunnen aus
der Tasche und betätigte den Ring. Die Kinder nahmen sich bei den
Händen und hofften in Todesangst, dass die bunte Blase sie rechtzeitig wegbringen würde, bevor der Reiter einem von ihnen den
Kopf abschlagen konnte.

Gerade rechtzeitig hatten die roten Strahlen sie eingeschlossen und
in den Himmel katapultiert. Der Reiter murmelte ein Gebet in einer
fremden Sprache und starrte fassungslos der den Strahlen hinterher, die im morgendlichen Wüstenhimmel verschwanden. Diese
Geschichte würde ihm niemand abkaufen! Rasch ritt er zurück und
würde erzählen, dass er die Kinder nicht mehr gefunden hätte, da
sie wohl von den Dünen begraben worden waren.

WIEDER ZU HAUSE

Große Suchscheinwerfer beleuchteten von der Steilküste aus das Meer und zugleich auch die gefährlichen Felsen, an denen schon so manches Schiff aufgelaufen und gekentert war.

„Wir können hier oben kaum was sehen!" Tönte Middletons Stimme aus dem Funkgerät.
Wilson sah von seinem Polizeiboot zur Küste hinüber. „Es war von vornherein ein gewagtes Spiel, bei dem Wetter mit den Suchbooten hinauszufahren! Nicht einmal die Suchscheinwerfer bringen etwas! Wir sollten das Ganze abbrechen und dann weitermachen, wenn sich der Himmel aufgeklart hat."

„Das kommt überhaupt nicht in Frage. Wir suchen weiter. Wollen Sie dafür verantwortlich sein, wenn sechs Kinder bei diesem Wetter womöglich ertrinken oder erfrieren?" Fragte sein Kollege.
„Das will keiner von uns, Middleton! Aber wir müssen realistisch sein. Bei dem Wetter können wir kaum etwas sehen, geschweige denn etwas finden. Die Männer in den Booten sind durchnässt. Sie werden krank, wenn sie nicht abbrechen lassen!"
Middletons Funkgerät bleibt für einen Moment stumm.
„Gut. Wir brechen die Suchaktion ab, doch ihre Männer sollen es sich in ihren Booten bequem machen. Sobald sie wieder trocken sind und der Regen aufhört, geht es weiter. Verstanden?"

James McDuggen war in Sorge um seine Schüler. Als er im Camp nicht länger untätig rumsitzen konnte, übergab er vorübergehend die Leitung an Mr. McLoch ab. Er bewaffnete sich mit einer Taschenlampe, einem Feuerzeug und ein paar Streichhölzern und ging persönlich los, dahin wo er die Kinder vermutete.

159

Er brauchte ungefähr drei Stunden, bis er Glamis Castle erreicht hatte. Im blassen Morgenlicht erkannte er das Empfangskomitee am Wegesrand stehen. Unbeweglich hießen ihn die Statuen auf den Sockeln willkommen.

James ging den Weg weiter bis er das Falltor von Glamis Castle erreichte. Dort rief er ihre Namen.
„Susan, Rebecca, Charly, Peter, Henry!"
Immer abwechselnd rief er die Namen der Kinder, doch er erhielt keine Antwort. Nur die Singvögel im Wald trällerten ihre Morgenmelodie. Er ging weiter bis zum Friedhof mit den neun Grabsteinen, der zu Glamis Castle gehörte und direkt neben der Schlossmauer angelegt war. Er rief auch hier. Doch genauso ergebnislos.

Neben dem Grabstein mit der Aufschrift - Malcom II. - blieb er stehen und fragte „Na, alter Haudegen. Hast du sie vielleicht gesehen?"

Plötzlich färbte sich der Himmel in einem rötlichen und violetten Farbton, als würde die Sonne wieder untergehen. James hatte diese Art von Himmelskonstellation schon einmal gesehen. Nun wusste er, was er zu tun hatte.

Wie versteinert standen die Kinder plötzlich in einer feuchten Dunkelheit. Sie waren definitiv nicht mehr in der Wüste. Doch wo waren sie dieses Mal gelandet?
„Sind wir wieder in diesem verschimmelten Kerker?" ,fragte Susan ängstlich
„Sieht so aus!", stellte Henry fest.
Das Gemäuer war kalt und dunkel. Das zirpendes Geräusch versetzte die Kinder in Schrecken.
„Was ist das?", Fragte Rebecca ängstlich.

Peter zog seine Streichhölzer aus der Hose und zündete eins an. Er

streckt seinen Arm nach oben um damit zu leuchten.
„Das sind Fledermäuse!" Stellte Peter fest, kurz bevor das Streichholz erlosch.

„Fledermäuse. Ich hasse Fledermäuse!", Kreischte Rebecca. Aufgeschreckt von dem kurzem Lichtschein des Streichholzes flatterten einige der Fledermäuse aufgeschreckt herum.
„Was ist das für ein verdammter Ort?", Fragte Victoria, die sich in die Hocke begab, um nicht von den Fledermäusen angegriffen zu werden. Zum Glück zogen die erschrockenen Fledermäuse sich rasch zurück.

Von irgendwoher kam ein kratzendes, schabendes Geräusch, das die Kinder nicht zuordnen konnten. Durch eine Ritze in der Mauer fiel ein winziger Strahl Sonnenlicht, wo vermutlich der Mörtel im Laufe der Jahre etwas bröckelig geworden war oder bereits Gefangene vor ihnen versucht hatten, auszubrechen. Charly kratze und zog an dem Stein, bis er ihn tatsächlich gelockert hatte. Es musste schon jemand vor ihm auf diese Idee gekommen sein, sonst hätte er nie und nimmer den Stein losbekommen. Vorsichtig schielte er nach draußen.

„Was siehst du da draußen?" Fragte Peter hoffnungsvoll.
„Einen Mann, der mit einem Spaten arbeitet. Er kratzt den Mörtel der Steine aus, um uns herauszuholen. Deswegen war der erste Stein hier so locker!"
„Und was werden die mit uns machen, wenn sie uns hier herausholen?", Fragte Susan ängstlich.

„Nun, wenn wir in der spanischen Inquisition gelandet sind, werden sie uns die Fingernägel herausreißen, mit glühenden Haken die Eingeweide umdrehen, all solche Dinge eben!", Antwortete Charly und die Kinder drängten sich in die entgegengesetzte Ecke des Kerkers und starrten ängstlich auf das immer größer werdende Loch.

„Hört nicht auf ihn", sagte eine männliche Stimme von draußen, die ihnen irgendwie bekannt vorkam. Als der nächste Stein herausgenommen wurde und mehr Licht in ihr Gefängnis fiel, waren die Kinder erleichtert. Es war wohl nicht die spanische Inquisition, die sie hier befreite, sondern James McDuggen.

„Wie haben sie uns gefunden?", Fragte Rebecca und weinte vor Erleichterung. James half ihr hinaus und fing nach und nach auch die anderen Kinder auf, die durch das Loch in der Mauer kletterten. Als Victoria seine Hand ergriff, um herauszusteigen, starrten sich beide für mehrere Sekunden stumm an, als wäre die Zeit stehengeblieben.
„Oh, Mr. McDuggen, das ist Victoria", erklärte Charly. „Victoria Larissa Gabriela Mendoza", sagte James den vollen Namen der jungen Frau. Charly war überrascht.
„Woher wissen Sie das?"
Auch die Anderen schauten verblüfft zwischen dem Lehrer und der Zeitreisenden hin und her.
„James!", Hauchte Victoria und fiel James McDuggen in die Arme. Jetzt waren die Kinder noch verwirrter, doch Charly hatte eine Vermutung.
„Sie waren der Junge, der das Floß gebaut hat! Sie waren auch bei den Piraten und haben Lawrence von Arabien getroffen!"
James nickte, während er sich vorsichtig aus Victorias Umarmung befreite.
„Ich hatte hier den Schlüssel zum Portal entdeckt, als ich so alt war wie ihr. Damals habe ich mich für die Kreidezeit und die Dinosaurier interessiert, genau wie für die Geschichte von Lawrence von Arabien. Ich wollte unbedingt ein Pirat sein und ich wollte ein Stück amerikanische Geschichte erleben zur Zeit der Unabhängigkeitserklärung. Also stellte ich den Schlüssel auf genau diese Zeiten ein. In der Kreidezeit habe ich das Floß gebaut, das ihr gefunden habt und ich habe Victoria getroffen und mich in sie verliebt. Ich habe sie seither nie mehr vergessen können." James blickte Victoria tief

in die Augen und erzählte dann weiter, als er seinen Blick wieder von ihr nehmen konnte.

„Als ich mit meinem Archäologiestudium fertig war, versuchte ich Gelder aufzutreiben, die meine Entdeckung für die Öffentlichkeit zugänglich machen sollten. Doch dann wurde mir klar, dass Zeitreisen lieber ein Geheimnis bleiben sollten. Sicherlich würden die Reichen und Mächtigen die Reisen nicht zu Forschungszwecken unternehmen, sondern um Reichtümer anzuhäufen oder Krieg zu führen oder irgendwelche politischen Dinge damit anzustellen. Also habe ich den Schlüssel in der Obhut des Skelettes zurückgelassen und versucht, die ganze Sache zu vergessen. Als ihr plötzlich verschwunden wart, hatte ich schon so eine Ahnung und als ich dann die Farben der Zeitreise am Himmel gesehen habe, wusste ich ganz sicher, wo ihr steckt. Deshalb war mir auch klar, wo ihr gelandet seit und da ich nicht ins Schloss konnte, habe ich mich für den schnelleren Weg entschieden und die halb zerfallenen Steine aus der Wand gekratzt."

Durch die Erklärung von James war die Neugier der Kinder erst einmal gestillt. Sie waren so froh, wieder Zuhause, oder besser gesagt, in der richtigen Zeit zu sein, dass sie es gar nicht in Worte fassen konnten. Gemeinsam machten sie sich auf den Weg zum Blockhaus und James erzählte den Kindern, was sich in den letzten Tagen hier abgespielt hatte.
„Wir müssen uns noch eine Geschichte für eure Eltern und die Presse überlegen", brummelte James.
„Unsere Eltern sind hier?", Fragte Peter.
„Oh ja!", Entfuhr es James.
„Und sie sind echt anstrengend", fügte er hinzu.
Die Kinder mussten grinsen.

Als sie das Blockhaus endlich erreichten, wurden sie sofort von der Polizei, der Presse und den Eltern umringt. Es ging zu wie auf einem Jahrmarkt. James tat sein Bestes, die Kinder vor den Fremden abzuschirmen und sie samt den Eltern zunächst in die Hütte zu bugsieren. Victoria schickte er mit hinein, dann stellte er sich wie ein Türsteher vor die Hütte und verweigerte der Presse den Zutritt.

„Würden sie die Kinder jetzt in Ruhe lassen? Sie sehen doch, dass sie vollkommen erschöpft sind."
„Die Öffentlichkeit hat aber ein Recht darauf zu erfahren, was mit den Kindern passiert ist!", rief ein Fotograf ihm zu.
„Die Öffentlichkeit hat kein Recht darauf, Mister. Ihr Reporter und Fotografen erhebt es zum Recht. Nur um eure Auflagen zu erhöhen. Wie sich die Kinder dabei fühlen fragt keiner. Als Campleiter steht mir das Recht zu, sie jetzt zum Ausgang zu verweisen und sollten Sie wieder einen Fuß auf dieses Grundstück setzen, werde ich rechtliche Schritte gegen Sie einleiten."
„Das können Sie doch nicht machen?"
„Sie werden gleich sehen wie ich das kann! Mr. McLoch", rief James in die Hütte.

McLoch kam aus dem Blockhaus heraus und positionierte sich breitbeinig neben James.
„Sorgen sie dafür, dass diese Aasgeier von unserem Grundstück fliegen."
McLoch ging die drei Stufen hinunter.
„Wenn ich Sie dann bitten darf? Wenn sie nicht spuren, kann ich auch unsere Wachhunde holen, die Sie nach unten begleiten."
James sah den Fotografen und Reportern hinterher, wie sie mürrisch den Hügel hinunter gingen. Zufrieden betrat er dann die Hütte, um sich dem Gespräch mit den Eltern zu stellen.

Die Kinder und die Eltern lagen sich in den Armen und es war keine Spur des sonstigen Desinteresses oder der Vernachlässigung zu sehen, die die Kinder sonst immer an ihren Eltern bemängelten. Nur Victoria stand traurig und verloren daneben und wusste nicht

164

recht, was sie tun sollte.

James zog Victoria vor die Hütte hinaus und schloss die Tür, um die Eltern und Kinder sich in Ruhe aussprechen zu lassen. Draußen zog er sie in seine Arme. „Victoria, meine Liebe, ich möchte, dass du hier bei mir bleibst und nicht in deine Zeit zurückkehrst. Willst du?"
Abwartend lächelte er sie an und war froh, dass Victoria die Idee gefiel. Vor Begeisterung und Erleichterung warf sie sich in seine Arme und küsste ihn. Diese Erklärung reichte McDuggen. Er hatte schließlich lange genug auf diesen Moment gewartet.

Es dauerte nicht lange, da standen die Polizeibeamten vor dem Blockhaus und staunten nicht schlecht, als sie sahen, dass die Ausreißer bereits wieder zurückgekehrt waren.
„Wo habt ihr euch bloß herumgetrieben?", Fragte Middleton energisch.
„Wir waren in Glamis Castle, Sir." , Erwiderte Miro.
„Glamis Castle. Und das soll ich euch glauben? Gebt doch ruhig zu, dass ihr euch nur versteckt habt, um eure Eltern eins auszuwischen!"
Charly sah, dass James McDuggen leicht zustimmend nickte.
„Sie haben Recht, Sir", gab Charly reumütig zu und zwinkerte dann seinen Freunden auffordernd zu, um mitzuspielen.
„Ja, das stimmt, Sir", antworteten alle, wie einstudiert. Die Polizisten waren einen Moment lang skeptisch, aber hatten keinen Grund, etwas anderes anzunehmen.
„Na fein. Da haben wir ja die Antwort, warum wir euch nicht finden konnten. Eins sage ich euch. Die Polizei versteht ab und zu auch mal einen Spaß, aber keinen sechsfachen. Sollte das noch einmal vorkommen, wird es zur Anzeige kommen!"

„Wir können gerne morgen noch eventuelle Formalitäten regeln", unterbrach James den Officer. „Aber es wäre nett, wenn sie die Eltern und Kinder erst einmal in Frieden lassen würden, damit sie wieder zur Ruhe kommen. Es war für alle eine sehr anstrengende Situation."

„Ja, natürlich", nickte Middleton. Es war ihm mehr als recht, wenn er sich hier nicht länger als nötig aufhalten musste. Die Polizisten tippten an ihre Mützen und stapften den Weg zurück in Richtung Ausgang, wo vorhin bereits die Presse verschwunden war.
Auf dem Weg zu ihren Dienstfahrzeugen ertönte eine Stimme über Middletons Funkgerät.

„Officer Middleton kommen. Bitte kommen."
Middleton griff zu seinem Funkgerät.
„Was ist denn los?", fragte er.
„Wir haben eine Vermisstenmeldung erhalten."
„Wer wird denn vermisst?"
„Vier Männer aus Essex! Sie sind in der Gegend von Glamis Castle verschwunden."
„Und wer hat die Vermisstenanzeige aufgegeben?"
„Ein gewisser Russel Hamilton. Lord Hamilton of Essex."
„Hat er die Namen der vier Vermissten angegeben?"
„Ja, Sir. Sweeney Nahoon, Mooney, Brian Silver und Jerrett Garcia Alvarez."

„Verstanden. Wir sind gerade auf dem Weg zurück ins Revier", meldete Middleton und fuhr schlecht gelaunt dorthin. Wenigstens war nicht zu erwarten, dass die vier Männer sich im Schloss vor ihren Eltern versteckten, dachte er sich.

Lord Hamilton nahm die Solon-Münze aus seiner wertvollen Münzsammlung heraus. Er polierte sie und hauchte sie gelegentlich an, um sie etwas feucht zu machen. Dabei erkannte er eine hauchdünne Gravur auf der Münzoberfläche.

DAS LICHT DER WELT
WEIST DEN WEG ZUM WISSEN

Hamilton notierte sich den Spruch an seinem Schreibtisch auf ein Stück Papier. Als er wieder zur Vitrine ging, um die Münze zurückzulegen, rauchte es plötzlich in der Vitrine.

Ein Feuer? In der Glasvitrine? Hastig riss er die Vitrine auf, um die darin liegenden Ausstellungsstücke zu retten, doch alles was sich noch darin befand, waren zwei beschriftete Schilder, die er vor den Brief der Parsens und das goldene Medaillon gelegt hatte. Beides aber war verschwunden. In Rauch aufgegangen, ohne dass in der Vitrine ein Feuer stattgefunden hätte.

Lord Hamilton konnte sich überhaupt nicht erklären, was soeben vorgefallen war. In der Vitrine lag nicht einmal Asche. Sie war makellos sauber, der Rauch hatte sich verzogen, aber die Gegenstände, die noch vor wenigen Sekunden darin gelegen hatten, waren verschwunden. Ratlos kratzte er sich am Kopf. Ob er die Angelegenheit der Versicherung melden sollte? Aber was könnte er der Versicherung schon erklären? Wohl oder übel musste er die Angelegenheit vorerst auf sich beruhen lassen. Wütend schloss er die Vitrine wieder und warf die beiden nutzlosen Schilder in den Papierkorb unter seinem Schreibtisch. Gut, er hatte noch andere Dinge zu tun und wertvollere Gegenstände in seinem Besitz als so ein altes Medaillon, das sich jetzt, wer weiß wo, sich befand.

Und so geht es weiter ...

CHARLY UND SEINE FREUND 2

DAS GOLDENE AUGE DES DELFINS

Charly Townsend trifft, während seines Aufenthaltes im Wellington Internats, auf den Austauschschüler, Alexandrós Omiros aus Griechenland.

Eines Tages wird Alexandrós von unbekannten Männern auf offener Straße entführt. Charly kann nur tatenlos zusehen. Nach dem Charly dieses Ereignis seinen Freunden Peter, Susan, Miro und Rebecca, die seit ihrer unvergesslichen Zeitreise ein eingeschworener Haufen geblieben sind, berichtet, nehmen sie den Mut zusammen und machen sich auf dem Weg, Alexandrós aus den Klauen der Entführer zu entreißen.